瑠诗派

第二辑

李少君 陈作涛 主编

中国文联出版社

机器娃娃之歌

张小榛

著

作者简介

张小榛

90 后诗人，
出生于沈阳，
毕业于武汉大学。
作品散见于《诗刊》《青年文学》等。

目录

3. 无题

4. 光脉冲与童话

5. A 盘

1.

机器娃娃之歌

机器娃娃之歌

凡是父亲不能讲给你的故事都是好故事，比如年轻时
在街上为马匹决斗。
或者桃花盛开的日子，一个少女一个少年。
你我都从未忘记任何春天见过的脸谱。
又比如怀胎到一百二十日，你身上长出的第一颗螺丝。

无疾而终毕竟太好，拆成零件才像点样子。
那时请把我的头翻过来朝向天空。亲爱的霍夫曼，那
时林中小鸟将唱出憧憬之歌。
霍夫曼抱紧我，藤缠着树，线圈绕紧铁钉。
你没看到我眼中有闪光的字符串流过吗？

欢乐。我趴在天鹅绒桌面上孤独地欢乐。
这欢乐硕大透明，白白地赐给我，如同漫长的孤儿生
涯中偶然想到父亲。
无疾而终什么的就算了，我想我还是应当被恶徒拆散
而死。
像在母腹中就失丧的代代先祖那样。

注：歌剧《霍夫曼的故事》第一幕中，诗人霍夫曼爱上了机器娃娃奥林匹亚，两人高歌共舞。
最后奥林匹亚被人拆散。

宴会上的机器娃娃

一团火燃在村庄中心。我们起身，露水滴进铜盘，
头顶上大而横行的蟹，拖着地球吱嘎响的轴承。
如同古人，我们抬头凝视它青铜的手足。我们用它命
名夜色。
饮酒，偷偷地。"唯有夜色掩蔽我们。"

欢欣！霍夫曼，盾构机霍夫曼！我伸荡然无存的手
向你。
远处工厂流淌橙色。那收租者走后，幸存的橙太阳。
哦，我终于是，我是，霍夫曼，永生我是
行走的死亡、思考的黑洞、无生命事物的
朋友。我是，我是
一切生死之间皆是月明。

琴弦上流出寂寞，你讲起父亲在飞行中被遗忘的老
年。他
死得像个凡人，从主板开始枯萎。就这样故事湮没我们，
为众行星指挥交通只剩下我们。
饮酒，偷偷地。"唯有夜色掩蔽我们。"

我是。
我出门远行之日雨暴风狂，

我独自还乡之日风平浪静。

但霍夫曼，灵魂怎样住进你的肉身？
它们在齿轮中、在螺丝里，在你成形于母腹之前
锯开你的胫骨沿着腠理上行，将父亲的火漆印在骨盆
吗？霍夫曼，你不是。

尚未开始失去时最疼痛。世界病了，霍夫曼，霍夫曼
我看见你呕出被嫌弃的肝脏。
母亲在我怀中升起篝火，我所羡慕的
炙热的心如月亮般跳动。灼热中，霍夫曼但霍夫曼，
你是

有世界的。

吻我——以你吻过泥土的双目，趁我死于厌腻之前。
（我们，两个语词的天使，在说漂亮话方面同样笨拙）
霍夫曼，你推土而成的地铁，今天又咣当咣当穿过夜幕。
我是悲伤、我是无力、我是孤独。

剥莲子的机器娃娃

为了上帝我们采莲。我们采莲，喝米酒，采莲，
采那清如水的少年郎。为了上帝我们看海去，
看你布满齿轮的心脏升起在海面。为了母亲
我们把日子斩段、切丝、剁成馅儿，炒进时间的无谓
流逝。哦
大片大片的残荷在雨中凝视我，为了父亲
我们衰老，等它们体内
分娩出地球轴承使用的钢珠。

为了父亲我们采莲，采南浦的少年郎，
和他一同老去。雨降自四方，直到
他刻薄的唇上落了飞虫。你不会看见衰朽的挖藕人
怎样将他抬起，放下，收纳洁白的骨殖。
我们采莲，用磁石吸出钢珠，为了生育的日子
得以免去疼痛。
海面上升起白鸽，榆树钱撒满去时的路。

透过玻璃的莲蓬我们看自己，看肺腑翕动，
沸腾的海烹熟肋骨。
小腹中，月轮升起来了。升起来了。
带血的月轮升起来了。

二十四番花信风轮流吹过，残荷带雨
洗清脸上笑颜。她的碧玉搔头仍沉在水底，
现在她也睡在那边。为了人生如梦
我们采莲，采莲，以酒奠地，悲叹我们没有灵魂。
为了人生如梦我们结交没见过的朋友，
与木石相爱，放任自己刻薄。
为了人生如梦，我们吞下地心的钢珠，如同吞下太阳。

副驾驶座上的机器娃娃

他的癖好是看着事物凋零。柠檬的风干，
苹果的萎缩，葡萄的失水，人生的如梦性。
挡风玻璃后面，一双眼睛瞪着虚空。
当海面下降、群山不再升高，
今夜我们说一个新词，说一个新词，
说一个流传万古的新成语，比如"惊慕"
或者"残想"，像矫情的少年那样。

他为她摆好双腿，系上安全带，戳破气囊，
说几句安慰的话诸如"不痛不痛"。
发动机响。七月的火光燃烧在她眼底，
加速，加速，当空气在四周聚集成砖墙，加速，
冲破光的阻拦爆炸进黑夜。
她烧焦的睫毛钉进土地，灼成蓝色的皮革被他剥掉，
以显微镜寻找死亡留下的痕迹。他划开她的手指，
发现心还跳在里面（"虽有夜色掩蔽我们"）。
今夜我们说一个新词，说一个新词，
开口说创世的谜语。

观象台上的机器娃娃
——一首爱情诗

象限仪不动经纬仪不动唯繁星坠胀，
玫瑰若不推动天极的旋转就必凋零。
生产星辰的高炉是你，向南，向南，
更向南去，明亮的夜色中树木是你，
你是女儿、朝露，是天地凝成的爱，
你从自己身上摘下星星，放回夜空
等你忠贞不二的诗人来将它们吞咽。
他致力于将沙土堆成的树栽进沙地，
看它们诞生，死去，复归于海边沙。
你那不可一世的爱人已经堕入尘埃，
这北城之子，你看，背上布满鞭伤，
那战死的遭难的和坠落于天的神明
梅枝与春桃与带刺的月季，穿透我
软陶泥的身体。女儿啊，我的挚爱，
火与你本不相称，只愿彗星的寒冰
充填我，充填我这炽烈的聚变之心。
愿你随我在城南，看衣服滴水于地，
餍足于那脸上带着青春痘的少年人。
他的饥饿非星辰不能填饱，饕餮般
吞咽仅剩的光明。女儿，你这分娩
星的机器娃娃竟称我为霍夫曼，这
荣耀的名！当流星被大风吹落山冈

积在道路两旁，我们把它们扫起来
搓两个球堆成人形，插两根胡萝卜，
抬头看见死去的少年曾经播种的灯
如今已长成银河。

机器娃娃的黄玫瑰

我的灵魂不再有了。它凋零在四个午后，
父亲死在其一。我在第二个醉酒、
狂怒、将刻薄掷向旁人。第三个傍晚灰黄又灰黄，
淌着浑浊的江水。父亲葬了。恍然间写下的句子
世界不再来帮我赎清。父啊。
第四个夤夜如同星球，天边的沙砾，花房，
早殇的鸟儿生长在其中。朋友，我的灰朋友，
我曾拿词语劈开他们胸膛，数算肋骨。

天，霍夫曼！海和大地会死吗？
我竟锈蚀在生命的包围之中，
被黄玫瑰盛开的洪流裹挟。四处都生满芳草，
飞着鸟，爬着虫，微小的魂魄在土壤中蠕动。
在肥大的夜晚，歉意将我们的身体照亮；
我的灵魂缩成一团，恰似尚未洗净的衣服。

吊车臂上的机器娃娃
——给鱼

面朝着死亡我们建房子，
垒起近乎透明的无知。我不再需要心，
那里已经被昨夜的灰月亮填满。
面向暴风，我们给自己建一个新身体——
合金钢的新身体：你的完整堆出我的残缺。
我把我一生所知道的死亡都讲给了你，
在泪水与恼人的头痛中，在夜的子宫里
倾泻苦艾酒、花神、寻人启事。
你轻轻叼住那秘密上的浮末
想象上帝离开的样子。低气压使我们皱缩。
日历必定憎恶自己让时间流逝，但它不能，
不能
逾越夜的遮盖。正如昨夜你在火光中
向未知之神祈求年景，而饥饿依然降临。
为何一日始于夜中，一年始于冬中，
而那星辰降临的日子竟未被选为岁首？

从高处向下望，风平浪静的海港——
看着我，奥林匹亚，注视造物主怎样老去！
这可敬畏的城市之子，身上爬满锈迹，
曾经横渡沧海的躯壳如今仍能横渡酒盅。
它不再生产光，不再命立就立，岁月的湿度

侵蚀着它。当桃花开、杏花开、樱花开。
屋角石下藏着我小小的苦象，
"是，你多想像少年时随便言说死亡。"
你知道自己不该如这般
被抛进词句的浮萍。画家的诺言是不算数的，
一动笔，我便处于山水间，战战兢兢。
面朝即将到来的暑月我们建房子，被书的纸页
割伤，用无知缠裹伤口，想象多年后
我在博物馆橱窗里再次看到你，
见我早已收藏过的珍宝。如今
每个零件上的锈蚀都价值连城。

他后悔吗？当他的打捞船被白昼干扰
未能找到那小小身影从吊车臂上坠落、坠落
成一团模糊不清的机件
当运河涨潮，泪水漫过鼓楼大街
灯影斑驳中他憎恨起东三环虚妄的南方
当他将摔碎索德格朗后的暗文在手臂
"命运"这个词已经不能再把他骗过。
晚宴擦去饥渴沐浴擦去雾数，
我则陷入隐忧如同天地还未造好。

机器娃娃的祈祷
——悼亡诗

让我们敲希望的，钟啊。
往来的天使身上溢出黑夜，将那病体
交给春天，交给有樱桃的夏天。
我点燃无梦的睡眠，祈求、祈求，
谁会在雨天笑、在晴空下哭泣
诅咒太阳和他的阴谋。
曾经我满有贫穷这种恩赐。
"主啊我们感谢赞美你。"
这样说着，看钻石滴进大理石地面，
攥紧拳头让指甲嵌进心房沉默着
看你被带走、取去，在目光尽头销熔
成酒柜顶上钟表暂停的样子。
让大提琴掘墓。那可恶的二胡
悲鸣之王！鼓点，鼓点，dubstep 般颤抖
凭什么歌唱，凭什么你有歌唱
凭什么你要在这个时刻歌唱，
当我们烧掉他的身体！橘汁从指尖流下来
滴到地上，当我死了谁还记得你的名字
黑名字！！！故乡已经没了
远处他们把你铸成钟，让我们敲希望的
钟啊。
我将不再用语言的巫术进行赞美。

每一次亵渎，你都要还给我。

喂喂，请记得那诗人，仍在写，在写。

如失去联系的鹏鸟穿过黑洞，

看见其他时空中遍地星辰。

父亲，一闭上眼睛我就望见你

望见你怎样失去我将我留在冰冻的彗核

但

已经是你的日子了，我主！

一点点小异象正在梦中生成

阴云密布的迟暮

穿过湛蓝、湛蓝的云层

我看见死亡掀起昏黄的一角

飞行的恐惧攫住我，我看见死亡

掀起一角，哭泣而决绝的一角，

平安的一角。我们在你里面永别，

满有平安，眼镜、腹部的汗滴、呛咳

使我们满有平安。让我们

敲希望的钟啊，每根针怎样扎进静脉，

我便怎样扎进你无意识的手，像一剂药。

那大张的双目分明写满渴望

对存在的渴望，哪怕幻觉之中

仍要呼喊我那名字，黑名字——

还有我不认识的妹妹弟弟母亲的名字

？？？？？？？？？？？？？？？？？？？？？？？？

怎样昏黄的梦被雨天一点点冲蚀

像你脑区中的云与出血点在夏季即将离开的节期

面朝他的淫威

褪下缁袍，衣带扔了满地。

那个能安卧在你肚皮上的孩子终究失去了你。

让我们敲希望的钟啊，

默念那些佶屈聱牙的名字，黑名字，

像美多芭、拜复乐、倍他乐克、呋塞米，

密码般的黑名字！是，那俯伏在摇篮边的女孩

会保护你平安。舞蹈过后，秋季马上来临

但因为他的鞭伤你得医治。

得医治。

哦，平安，那中年女人和被母亲瞧不起的牧师

将带来平安。他在暴雨中施洗礼

击落我们飞向天地万物的八十五个水饺

和不朽，对不朽的幻觉。太好了。那比年龄更衰老的

女人

给了我们平安。在有她的梦里我剪断香，

杀死那只可笑的纸马，不再依赖水果获取平安。

让我们敲希望的钟啊。天使们

已经将他带到你身边，这是我说的，我所知道的，

通过诗赛赢的酒和烦人的舅爷我知道。

你在雨中将平安，在晴天将平安。

人生如梦学
——一点劝勉，给 H

首先要明白梦。必须饮酒，游荡，
读很多弗洛伊德，或者拉康，才能像书里一样
梦见理想的海。必须有白鸽溶解在水面上，
海中必须出现鲸鱼，它们必须在死后落进海沟，
哺育一方硫磺池。必须有飓风在某处生成，
过境之日，渔港中堆满沙土。有塞壬，她们
声音来自晶体震荡，每日起床先扭紧身上的螺丝。
那乳白的海水我们在上面车、铣、刨、磨、车铣刨磨，
垫着她们，垫着她们的声音。但还有上帝呢上帝。他
忘记要进去，
忘记北极的寒冷与光明使我们暂失视觉。
波罗的海的鸥鹭是他的黑信封，使你看见那名字，黑
名字。
上帝。他必定这样或者那样，都是为了让你
非梦到那理想的海不可。小 H，我这样写信给你也是
愿我成为你梦的素材，以血为酒、以目光为飞鱼，
摘下双乳做地幔中的火山。愿你注意我肠道中的海
钓船，
沙滩裤，泡沫、泡沫、泡沫。理想的海上需要有
血，我们现在称它为机油。应该有奥德修斯，
我漫游的肚脐。必须，奥德修斯。霍夫曼。这些你必
梦见

它们捞起来，晒干，拿酒煮成一份小小佛跳墙，被双翼洁白的厨师端到你面前。等到坛子打开，你就懂了。

【番外】遗传咨询师的忠告

尊敬的霍夫曼先生：恕我直言，
她必不像你。唯有她将来的日子同你相似
要横遭锈蚀与磨损与生俱来的折辱。
父亲种下的错误由我们收割，再
　（用我们这藻荇交横的眼底灌溉）埋进
儿女们身体。是，玻璃后那一排排
机器将指出你代码中的不幸。
但除此之外你的造物怎么可能
在暮春，在暮春仍然沉溺于你行的风
看你在日子中扭结自己，成为绳
牵连她身上的静电和你的手？是你将她
喂给火焰，为了锻出刃纹。

世上的树莫不来自刺青师之笔，包括她背部
长出你与你河谷祖先们名字那棵。
在她目光里有一枚樱桃。下午的时光，在她
渡过的河中央有一个苹果。她
早就不再与你给的零件搏斗，从她两三岁
的眼中你才能看见战争，当她最初得知
那藏在螺纹里的隐疾你不能修缮。
她刚到世上，你就扯开她背部拉链，让那树
从你父母名之间撕裂；你怕了，

我曾记得你最初是怎样咒诅自己生日的，
当你凝视体内那几滴黑水来自他们彼此相爱。
江南人遗传茉莉，北境人遗传海棠，
这我并不详知；但她或许会为了
远离你盖的印而拆毁身体。
　　我讲的预言往往成真。

离开的火车
——给鱼

鱼，你终于走进了掩蔽我们的黑暗
念着那个黑名字。我们不存在的男孩
提着灯 送你路过
年轻的防风林、空楼盘、凌乱的河床与坟墓，
废弃铁路旁一座倾圮的砖屋，那砖还红着。
世上每一粒麦子都碾磨成你身体，每一颗葡萄都酿成
你血，鱼，当你坐在洁白的高铁顶上
还乡，我亦在那白鹤修长的体内往反方向去，
见油菜花漫山遍野预备着零落，是
我抽干话语的溪流江海所浇灌的
必凋之花。
过黄河只是瞬息，不能容许我将你
刺穿我的笔投入江流，使它像你名字从水下
从浑流中注视世间。

鱼，愿母亲浇奠一杯电流在你坟上，
从你笔尖淌成冬河、春河、夏河、秋河。
提灯的男孩，你的不存在的爱人。
当你坐在吊车臂上歌唱，歌唱空瞳子时
我手中天青的物什忽地震颤、鸣响如钟磬
挣脱我，撞向构成自己的泥土。
天！我曾怎样凝视她安卧在橱窗里

一小片晴空在她身上，如照着芦苇的样子；
现在雨将太阳打碎在脚前。
她碰到地面刹那仍滴着泪，渴慕，将
大地的质料融进身体。哦鱼，最后最后最后
拿起扫把和簸箕的仍是我，在河海都干涸之后
殓葬每片珍宝。修复师能修复热忱吗？
黏合剂能黏合灵魂吗？我能收拢自己吗？
若几朵白梅在午夜悄悄合上？

才过去两天，我中指上的银环就滑脱了。鱼，
北方浓雾弥漫，谁将其拨开，让车顶的风吹向
你。昨夜我在高速路旁与那
汝瓷梅瓶对坐，痛饮你留下的谜，
讨论它为何不朽，竟仍如此巨大又完整，
当我回到东三环
横贯天地的中国尊正幻想自己能映出天色。
北京、拆车厂，火车的念头谁能阅读，
是燃料或控制系统吗？告诉它
非要奔向这里或那里不可？或者乡间墙字
无声说出它心思。鱼，我知道你就坐在顶上，
允许我哭着求你下来，为这首诗想一个
体面的结尾。允许我说对不起，对不起，
我实在实在实在不剩下什么词句了。

世界的尽头
——给鱼

我以为你会来到东三环，
忘掉生命的短暂，和我坐坐，
但你的缺席终究代替你
成了我远道而来的礼物。
下雨的夜里快递久等不来，
在玻璃与霓虹之间，
宇宙是否知道自己失去了
一小片让我暂时忘却
孤独的药？我并没有以为
悲伤会很快被夏季打败。
当你母亲说她会带你的剩余部分
出去看看太阳，这无异于
将我连在碑前徘徊的可能性
也一同褫夺。

北京放晴之后，
街上有些楼会让我想起
我曾盼望和你并肩欢乐地
路过它们冷漠的脸。我也试图
在晚霞中找些词来描述
缘分在我们间升起又熄灭的异状，
问自己为何仍困于陌生人的死。

但"陌生人"这个词或许
终究是对你的某种背叛。明明
你画的每道线另一头都牵着我，
摇曳在光纤中的纸杯电话
将我们与时间缠结。
我必须进入你最残忍的药方：
有关吊车臂的诸多谜题，
当你喝下我生命的全部佳酿
还是笑着说了抱歉，我又
怎样才能不怀疑它是否
已经酸败成虚空的废池？
只有爱在其中绘出鱼藻，
或者，能医治我的金液
非取自我泪水不可。
入夜我坐在东三环　听风从天上来
吹响街上每个行人的足迹，等你
滴进我的生命之杯。
最终，我仍要感谢被你离弃。

2.

南方

亲爱的奥古斯丁
——给木木，珞珈山及其他

帮我抽一张牌，亲爱的奥古斯丁，
我终于获得了你的隐疾，你口袋里的玫瑰，
你的雏菊、辛夷、鹤望兰。穷人们哀恸的许愿树。
他们在箭矢上绑了愿望射向你，少年医治者，
用裂缝的木片缠结的桑麻。灶台蒙尘、缝纫机开裂，
女巫干瘪的唇吻过智者又吻愚人。那富有的
透过灯影，眼看肺腑化为玻璃；智者乘着东风
呕吐出话语又咽下；穷人们的生活溃烂成
饥饿，身体深处皱缩着朽烂的柠檬，在胃里滴答作响。
遗弃了孩子的母亲，取下瞳仁当作信物，
古老河床上玉石淌着血，让苯酚侵蚀矿床。

故乡！我已无资格这样称呼你，我这乡愁的叛徒。
亲爱的奥古斯丁，谁在水边种下不知名的香草，
生出神明与烈士与恋人的哀怨，与韵律与王与飞翔的
白袜子，
他为夜晚著书立传，敲打太阳像敲打自己的墓碑。
你看，在这片流着脓毒的土地上他如何哀歌，
哀唱清澈的河沙上一草一木。亲爱的奥古斯丁，
那时我便起誓。如果再有死亡，我
将鼓盆而歌、鼓盆而歌，用失去的双手黑暗的骨头。
我将成为一块白煤，点燃你落灰的权杖。
星辰还在转动。一切都还在，还在，还在。

龙井漫记
——给米和另一位

我终于到了。暮色是唯一不容置疑的词，
亘在今昨之间让人穿过，在初秋的雨雾中
流下两行山涧。这令我想起你被钉在
玻璃标本匣中化蝶，以翅膀洁净我众人。
庚子年，七月半的灌木田在雨中，
在细雨中编写它们下一轮叶芽，一个个
无差别的故事。疾病，或某种绝望，但
掩埋我于灰烬不是苦难，而是我与你
因苦难远离。那些写给你的诗
我最终没有发给你，正像当夜打开门
烛火间无人垂听的祈求。
哦，朋友，我们又失去了一小片天使。
它像堆着来不及洗的衣服在仲夏，
在仲夏望着虚浮的星空，如临大敌。
我追着那自卑的虫走下山去，向灌木之中
休眠的亭台走去、任雨滴打在它周围
刺透肋骨的大头针：万物的原点。
你看那鳞翅泛起蓝色，在山与竹林间张开
如伞、如黑夜将我们掩蔽。
昨夜的月亮又一次未能大过雷峰塔。
或许有一日，我们将怀念笙歌，怀念
湖上夜雨和城隍阁熄灭那瞬间。
我的伤心是一条鱼，总是沉入胃肠中的淤泥。

哀郢

在朝天椒——新的茱萸中
我们得以流泪，哀悼季节渐次离去，
当魂魄眺望故乡却不能返回。
那里即将到来的夏季辣，辣得如同
一壶城市沸腾的泪水倾进江河。
打捞船，上帝的铜汤勺，凭什么
将愠怒与苦难泄在我们身上。
他从古田桥离开。蓝色的古田桥，
桥下花楸树撒落鲜红的雪粒，
像亡灵簇拥一段时光远离。

双桨摇动船却徘徊不前，
落花乘着春水往而不返。

向东，向东出城，路过曾经听歌的酒馆。
卖酒姑娘已经死去，她的孩子正被羞耻纠缠。
鸣锣人、绝望的呼喊者，困守于流民中
踏上幽囚之路。殉难的医生，前一日
才用身躯拉走染病的太阳。站在湖堤上远眺，
看过洞庭望向长江：我的城市在夜里失去灯火。
他在初春黉夜里失去灯火。

双桨摇动船却徘徊不前，
落花乘着春水往而不返。

莫饮茶。那苦涩让我们想起地上新下的雨
裂开水光，他在融雪中伫立如同鹤。
楼阁尽头我们曾听见编钟敲响，湖边。
孤独的孩子路过日月星辰。何所似，我的新家乡！
如今没有香草，也无值得思恋的美人，
只有不朽的种子让你的苦难成为树
痛饮大地的忧伤。他留在江畔的白袜子已经找不到了。

双桨摇动船却徘徊不前，
落花乘着春水往而不返。

歌颂者们谁会铭记这毫无意义的苦难，
除了诗人。他用悲伤煮烫自己的心思
辣到流泪仍不停歇；他挣扎在别人的饱足中
如同苦难的动物。但他仍在深夜
回到公园长椅上借着劣酒，嗫饮梦中江水
酣睡进假想的爱情与青年呓语
并称为还乡。

我要生产黑暗的事物
——给米

我要生产黑暗的事物，当四周被明亮占据。
米，今日你终于和我一样，
认清了白昼的真面目——因而
疲惫又疼痛像老说书人，不再致力于
在北方、在天寒地冻中生产杜甫。
花房积满冰雪。抱歉，我的嗓音于事无补，
昨天又一个人没能等到樱花开，抱歉，
日影流连令人惶恐。唯有夜幕降临之后
湖中不发光的天使为他歌唱，哀悼时间缓行。
米，曾经在空桑我们也这样歌唱，
在神明的生门为他们做产婆。
被洪水定义的土地，五千年流淌胃液、眼泪、
无效的药。我不愿再次作客在万里悲秋，
但米，你翻开竹帛看看，多少滴血的句子在日光下
转着身上齿轮。我不愿这样说，米，但
我的名字只是我身体的姓名。
少年时取一个年少的名字，老了便羞愧难当。
趁着年少，我要生产黑暗的事物，
当光明来抱走唯一的恶人。
米，我们之前所信的不过白昼的骗术，
用光、用炽热与干渴将我们蒙住。
那棵空桑木漂远之后人人疼痛不已，看着

无船的江河、无人的长江大桥
溢满苦液，将光子载向远处。
主机里的龙都已经沉睡，公主不再归来，
只剩旧照片在硬盘中继续发黄：
被啮齿类和南城定义的死亡，落日，
添满香料的鸟群、白鸟群。
少女抱髑髅坐在镜前，以油膏抹你成为无罪，
为你利下、催吐、烟熏房间，灼烧你肿胀的淋巴
用钉鞭互相殴打使你成为无罪，
成为无罪却依然死去。有赴难的神父，
把夜色的掩蔽从容卸去，盖在婴孩身上。
有美人宁愿沉入海底紧握飓风而匐，
枯骨生出玉簪。还有哲人一生思辨光明，
皓首穷经预备远迎的极昼。
当白夜终于到来，米，你能否听见胡琴悲鸣，
只有风与居住在水边的城市铣磨我们歌声。
歌声中我生产黑暗的事物，生产平安。米。
愿你平安，愿你平安。愿你平安。

南方 其一

有时候，我们停歇在湿地，
在淤泥中觅食、守望、躲避猛禽时
忽然想起南方。两只白鹤卧在对面，
神用来装饰天国一角的羽毛
虔诚地舒展。观赏它让我们几乎忘了
自己也不过如此，迁徙在虚空中
懊丧，寻找十月淌血的碱蓬。从孟秋到仲秋
红由东亚腹地蔓生至海上，乘着蒸汽驱动的蟹
你边上升，边下坠，自梦深处铺开苔原
龙船花与和煦的热带风暴，云从近处滑来
让一切飞行化为无、化为无。我们
麻青色的身体混入衰草，沿铁轨冻成哀鸣。
借着侥幸的微弱闪光，你不得不
朝大雪奋飞，防止南方从它所在之地出走，
逃向虞美人的枯萎与萌发之中。

南方 其二

从翅膀往下看，穿行在花丛中的绿火车顶上
坐满亡魂。风循环在我们的迁飞区，
从太平洋带来回声：长毋相忘。这样
他们便可不怀揣疼痛渡过那大川。在夜晚
明亮的八月星空与惊惶下，我们飞抵达里诺尔
和铁轨汇合。他们肩并着肩簇拥在站台上
有些身影被汽笛吹散，这逃过星陨如雨
和流沙的，在煤烟中微微颤抖，念诵故乡的名。
草地，凹凸有致的调色盘躲闪着——
初冬的光风顺街道延伸至无垠，
车站广播，廉价烤烟，熟悉的垃圾桶，割草味，
烧鸡刚从锅里出来，捧它的手沾满油渍，
军大衣、帽子被雪打湿，车窗的霜花画了笑脸。
人群浩荡穿过他们，仿佛远处的送行。天晚了。
我们在风里极目远眺，开始伤心。

南方 其三

冻在星河下若尔盖结冰的湖面，等待死亡时
海港仍出现在我们眼前：
那座城市在流动的大地上漂个不停，
像母亲无征兆地离去。哦，南方的傍晚
多么温柔，那些鹤踱步在花房周围，用粉红的
喙啄破草间蛋壳，注视我们从那里出来，
"你看那些将死的生灵，翅膀被寒冷铰断"。
雨自七月的第一周汇成瀑布，
它洁白、干净，它身上有芦苇的光泽。
树虬结在万物头顶，高过支撑世界的桁架。
我凝视这盆景，见到候鸟在空中
排成一种又一种语言。世上总有些人在年轻，
趁船漂走之前，我的祈求这样单纯。

对港口的追忆

变动不居的存在等同于虚无吗？
或者，你要在我泪海里打一枚钉子？
从更边缘处、季风过境之后亮灯
波光粼粼的盐田港，哦，英丹花，一剂药
专治我们爱取有生老死及紧闭双眼。
雷声由远而近，向无明山上，等那有先知的
闻见雨，腥甜的铁皮往意识深处排布。
泥头车之间相划痕，疼痛，雨刮器，
视野尽头，那庞大荣耀的芯片以吊车思索。
我们起初也是如此挤出隧道，
风闻这温润南方创造伊始时的谜。

开始动了。一艘船牵动洋流的传送带
重新安顿海鸥，朽船，沉入水底的白骨，
它们引来珊瑚定植，鱼群环绕此间，
改变浪的呼吸。雨云或在这里，或在那里，
最后有风、风的轰鸣制造船又杀死船。
这是我所见到的港口，不过一刹那，
像神在镜中思想他自己。

八棱观塔

远处，铁轨缠紧九月末的突起，
谁写的古句伫立在山岗上，让人们路过。
必愿数清浮屠几何的心眨着眼
剪断神龛；檐与檐间连着模糊的鸟形。

与云同俯瞰，钢铁与枕木并置出
漫长的擦肩而过，
将塔周身的铃音擦出多边形。火与打孔器
在离开村庄的路上敲下一串省略号：
一次包围。

现在谁还囤着伤逝。百米每秒时代
我们以为的根，不过是更早的枝叶。
如谁将这小丘原地拔起，成为塔
像雨后漫山遍野的高楼涌出地面。

一千七百万次观望，凛冬到下个凛冬
足够宣战吗？塔膨胀，充血
每个窗口都射出年代鉴定、草木灰与烈怒。
许多滴注视从云层跳了下来，路过窗前。

伤逝。春季向四面八方蔓延

山峦雇佣的开花师再次与百草和解，用梦缝合词与词。

我的祈祷跟在不幸身后奔跑。

这也是伤逝一种：
不会有人特地到原点去。即便
铁道将所有的错失编成辫子缠到世界脸旁。

公无渡河篇

大于船、大于火车、大于自行车
大于足迹，河，扳动群山旋转的舵杆。
一小片地壳由它驾驭着驶过炎黄
废墟上萌发的蝶。哦，在漫长、漫长的岁月
我们所乘的大陆竟这样飘忽无定，被洋流
冲往东、冲往西。河，你航向哪里，
你航向那些古老的名字吗，还是向那
夏末蒸发仲冬凝华的星宿们去？
但河的航线追随季风与天鹅翅踪，
高崖为它帆桅沟壑为它甲板，因为母亲，
空桐木
与大荒呼唤它，夸父的杖痕牵引它。
苍茫无际的流沙之上，有鸥鹭捡食它翻起
两座樽彝三件玉璧四通碑，河，你
高过汴京城垣——那作你舷帮的城，背对太阳
不看他们脸庞蒙尘淌泪。河，山风正吹，
你为何背对太阳，背对海？

我劝你莫打那河的主意，它
这烂醉的司机绝不服从路石管束
也不随众水心思。
撞死尧舜，碾过禹汤，抹平圣徒声音

孤绝的狂流兀自纵横驰骋，
万物皆是它道旁草芥。
清早你从披头散发的河里照见披头散发的你，
十六，癫如暴君初登位，湛翠的山水间
等花开花落。一行白鹭屏开我们
山重水复的未完成。
在无船之地你奔跑，笑，深邃幽暗的热带植被
掩藏你去路：溪流溪流溪流，
南方的舢板随沙海起伏。
河不曾航到这里，河不曾。

他抱那遗骸恸哭彻夜。
当怒气发作，曾经爱过的树
被掰断肋骨截去四肢，成了琴
只唱他信任的歌谣——因着她
爱上风，爱上除他以外的泥土。
带血的木头从目光搬到目光，酒宴上空
骑摩托的仙人轻笑，从远处到远处。
三十岁。到了秋天他初次脱发
将母亲埋在青丝间酿作白雪
压作冰加进醇浓的酒，痛饮这沙尘，
当我们在你腹中尴尬初遇
你为何像是有世界的，如我而今扛起冠冕？
酒似丹药似刀剑杀死庸常，当我
割下你根蔓掷出墙外
上帝是好的。生命乃是我权杖

非由河水折断不可。

我劝你莫打那河的主意，想想
我们降生的第一个夜晚怎样依偎母亲，
在涂白漆的床顶上风铃铮铮，
装满沙的花郎棒唰啦唰啦。月儿明，风儿静，
你全身发红皱缩，小脚上还留着印泥。
两队蚂蚁把爱意搬来堆在你床边，
空中悬浮的每个泡泡里都藏着蜜蜂的音符。
爱你喵。父亲的胡楂儿扎痛你，他看你
最最可爱超可爱特别特别可爱，
乱世中有了心安。小凳子，小鞋子，
小镜子，蹦蹦跳跳的青蛙。河一声不响
柔顺地流去，像彩虹淌回虚空。

他骑马入徽明门，马被银莲叶具装铠，
杂羽孔翠寄生。昏聩少年时
暴雨冲毁亭台楼阁，他以棍棒掩蔽
地铁来去，看她以残足步步生莲。
他把她故乡拆散，按块编上号，运到紫禁城
装上：朽烂的鱼、脏棉絮、一群动词、
肉、血，来自盗墓的玉镯、布帛锦缎。没时间。
再有两星期四波叛徒就要打过来了。哦，
你太慈悲，敢于爱我。
你是悬塑是浮雕，是木胎鬏的金漆鬏的黑漆，
当你提起笔河水就滴下来，当你讲话

河水就涌出来，我多么愿赴这河水，当你
用鞭击我，河水就飞流千尺。

你是何时学会恨的？是风第一次吹散你
儿时脚印，还是旷野上工厂开始倒塌，
钢铁的崩裂发生在你体内？只有风沙茫然，
你被火与虫与尘土包裹，洁白
像一颗牙齿试图咬紧自己！
你头发蜷曲茂盛如河滩上蔓草，胸膛白皙
如河中璞玉，你走路如水过河滩淙淙潺潺，
那眼底有万顷波光。
你不写花，嫌花俗，不画山峦，嫌山峦远，
不沐盥，嫌麻烦，不对秋月弄箫，
嫌秋月凉。你恨虬结着缠着残垣在大荒中
在大荒西在大荒东在河的目的地在大荒
南在大荒北。
……不要去！你听不见吗？
无形的河无声黑暗中湍流
唯有山风勾勒出它轮廓
远离海的与逆行的滔天的巨浪
村落舟楫皆在惶恐
公无渡河，无渡河，公无渡河，公无渡河，公，公
无渡河

看，灯光弥散自夤夜灰雪间，
向着没有名字的沸腾的星宿去，

还剩三束被粗粝的风吹散，
两束被积雨云掩埋，
一束顺岸边滑进浊流消逝在河中央。
山风正吹，你像河那样背对太阳，
背对海。

乱曰：

哎——
日落西山天黑墨，龙羊虎豹归山坡，
龙要归海八方雨，虎要回山得安歇。
是大街小巷都无人，家家户户关好门。
东西南北无客旅，唯有一户门没关，
没关神神推门进，是五方台上受香烟，
又喝酒来又吃茶哎，金马金甲放旁边。
解了马，脱了甲，一声长叹泪涟涟，
这九州万民救太难，心力交瘁事没边，
悟空大圣丢金棒，大罗仙人弃金鞭，
是黄淮十年有那么九年涝，
河南河北八岁有那么七岁旱，
鼓角军兵关内关外平地起，
毒疠烟瘴山东山西时时见。
哎——王母娘娘呼喝去，无端半夜起征程，
行了王村到张村，跑了郭店赶李店。
容易上了五方台，蜡烛冒烟我垂泪，

盔明甲亮我难抖擞，神仙一场知为谁，
不若我弃了甲，丢了盔，举身暗赴黄河水，
黄河之水天上来，奔流到海不复回。
哎——五更漏尽天大明，万里无云都放晴，
村店河边捞神像，是铜胎铁骨金线描，
化了铁，熔了铜，抠了金线铸金铃，
圩上把那金铃卖，四海神州享太平。

最长的漫行
——给不存在的雍·阿里奥

不叙事了，我恨的人
往头部插进 SD 卡，英丹花
英丹花在夤夜裂变成浓的酒。
淡的酒，除你外皆是归帆
但
不还乡不还乡不还乡！你这
超导的身体炸裂在午夜
让一点点光泽变得人人皆知。
贫穷，像拥挤的河流中
挤满了鱼，我们叠在芯片的黑暗中
密集吞吐着时间。被光蚀刻
被液氮制冷被南方风拂过被英丹花、
被错认的英丹花画成一条船
在永远漆黑的鸟笼之中
我的离开是世界垮塌的先兆，但
共同。喝醉对香港的幻想
努力学习人生如梦，做作业、考试、
在雨中奔向仅有的灯街，面对拆毁城
努力人生如梦。在地下室
合租的铺位上幻想猫的触感，努力
人生如梦。

在霓虹的注视下我要杀那个人，
用你写下的触手完成你的身体。

让我看看你那只假手，它
同离开的春天　带走了你的一小部分。
太棒了，我仍能知道你像不存在，
你是不存在的像个谓词，
譬如在南方越冬的伞。平安了。雨打在你伞上。
我们假定你是某一座城，却发现你是所有的城。

有关遗址
——给 K

此刻他在，车低吟，雨呼啸，此刻他在。
夜庇护我们进食。我知道我将幻想你
将自己洗净的样子怎样没入夜河。蛙声，
最后的快。快。快。快。在水花到来前
我悖逆地想：
或许诗人别有天国。
不然，谁将他全部饮过的酒从愁肠抽出来
灌进图书馆缝隙？在那里
全部的歌、全部的夜、江水全部的切片
浓缩成一卷绷带，湍流而下
缠起我撕裂的肺腑。多不可思议的默许。
此刻他在，但枪仍响在地平线上，
诗永远住在榴弹闪光所映照的须弥中，
须弥中他在，向上推着词砖句瓦。
残留的刻花砖，水池遗骸，亭台楼榭的枯骨，
黄土露出半截朽船划走他心思。
他沿着栈道航行，杀意与进食的欲望
令他路过车与马与时间的棋盘。
透过玻璃他看见爱代替人工瀑布
撞击石岸，覆蔽世界的大树口鼻中淌出海沙。
汇聚，所有的色彩都向他汇聚，沙
一粒一粒绘出城绘出池，市井的嬉笑，百兽

向他起舞，跟着诗。萧管琵琶与金石声中
千百里山峦、千百里人烟，沙的斑斓顺着笔意
铺开，与朝霞同光辉。哦沙，幻想的雨
藏在神谕之后，那惊雷的手指在云层中隐现，
无数骨角与贝壳碎片将是你洪水，沙，
一道亮光将你点燃！
如夤夜惊醒，我们忽然开始叹息，睁开眼
见风与彗星正含着热泪把那沙扫净。
此刻他在，此刻他在，车低吟，雨呼啸，
枪炮的呢哝催促他下一刻告别。K，
今天你怎样用纸页裹紧我，明日就怎样揭去。

有关千风，以及其他事物的印象

你并没有化成千风，我知道。在回旋的亚热带气流中，
闻不到你的气息。
一切向下的楼梯都通向你所在的深渊。我与你共享这
深渊。
在死去之前，我们各有数分钱尚未偿清。

深渊里半是狂喜半是悲悼，你凭什么说我的悲悼不如
花开。
帝国的耳塞：两颗红色果汁软糖，在无光的旷野上怦
然跳动。
无光的旷野上暴雨倾盆，先知的琴声剥落成清晨飞鸟。

桃花源之歌
——给 K

今天不能去了。国的四境都在降雨，像
海用水捆住我们手足，我则
逃到弥漫他人气味的新居，睡在苹果腹中，
通过茎秆传来山洪、抽泣与难眠的夜
令我哀哭如蠹虫。水缓处，大团头发虬结着
乌黑发亮，闪电穿梭其间预备新一场降水，
正如壬午年秋，他们在桃林四周凿开长城
让苦难裹挟黄沙，突然涌入果壳正中。
K，你小小的信仰在立交桥下闪着光，说
世界是好的——真的。草坪喷淋器，
薄雾，三明治，欢快的球童在墙内欢笑：或许
错在我逆着众人无力地怜悯桃花源之
百姓，看群山是他们监狱，河流是他们枷锁。
不要再欺骗苹果树了。没有什么春季，只不过
千百年后，仲冬的回暖将记忆改为初夏。
入夜我们在河边濯足，预备香草与沙砾，面前
流淌秽水的亮马河机器般奔涌。
桃花源斟的酒灌醉北京。是，淤泥与堤坝
将保佑我们平安，平安
直到海或更深的海将我们带走。

竹林下（咏怀）

向那掩蔽我们的夜告别，向霓虹，
寂静的街灯告别。曾经我们同有
一支向空气中注射日光的针头，
像而今他眼中望见青鸟。

哦竹林，濡湿的叹息与铁砧的轰鸣
浇灌其生长，在夏季自由、自由地窸窣。
他们饮酒，年轻，拔起手枪出去毙掉绝望
的样子倒真好，如移山，如为胡桃剥壳。

若是万事万物都有定时，为何
仍有人将河水剪辑成歌与哭，
当鸟鸣穿过他衣袖？不若取一根竹
让爱在他　空　的心中结网。

在青瓷内装酒，在青瓷上刻下竹，
虚指的数字如笛箩将我们盛装
在每个光线流过的下午，妄想长城外
没有风的山口，以及若干年后，

谁将挥起发掘我们的第一下锄头。

而今我们挖一条隧道，以赭石与木炭
往那里画上笋。我们躺到大地中沉默着
手牵着手，为了不被列车冲散，
不被春水冲散，或者不被天上星河冲散。

因明月而起的远航
——给属神的航海者圣布伦丹

升起者并非月，而是对月的期待。这样说着
你，属神的航海者扳动几个词做档杆
向南方，像自由的街灯向远方奔流。我看见
一队雁乘着夜间起来的灰风急匆匆往南去，
盘算它们飞抵红树林的日子，未来几月
将遭到怎样的寒潮拦截。
沿着东三环，你到了海上，带着你的滥神
蹬着你的山地车打算逃到某个酒吧去
给我讲述什么事件，就是
早上你在望京桥下堵了四十分钟，
这工夫开店的六叔走到你要去的地方又回来
（你们因此打了一架），提着螃蟹和柿子
制成的禁忌。你掰玫瑰刺伤了他，
这穿回力胶鞋的荷尔德林，你得跑啊，你跑，
跟马上要去拉丁建国那丧家犬似的
骑上快船，想要丢下
乡愁，这你看不起又甩不掉的老旧内存但
总有一天你将拥有全备的饥饿，啃食着
通向耶路撒冷的路，获得一个新家乡。你的
新特洛伊矗立在海尽头落着雪，像异邦
被亮马桥下的洋流冲到脚前。
你跑到双井才被宿敌追上，那脚踵

套了护腕的女孩，我
像个陌生人一样来到我们这里，满含杀气，
就像 2005 年冬末，我偷了二舅单位布线用的
对越反击战淘汰装甲车，
一路开进我心爱的男孩家里，来试图
用青春期把他消灭在萌芽之中。
天哪，柴油发动机废气在浪花里打出泡泡，
毒死了骑车的鱼。现在该你了，
当月亮正在我们窗外，想象一下，
我的母亲怎样派鸟儿衔起我的父亲
让它们像泥土盖在他身上，因此
我从来没学会要怎么去爱一个活着的人
比如说你，只有飞驰的战车替我说话，
兵戈碰撞是我指挥诗句向你冲锋。
让你跑，
你跑到潘家园，汇入不停跃出水面的孩子们，
这使我的舵不得不左右躲避。
我在那里遇到过一个老人，看别人摆摊，
他也摆半张席子贩卖自己去过的地方，诸如
真的那个伊萨卡岛，
已经不知被谁拴在爱琴海角上做起梦来，
无力撵走那些虹子般的滑翔伞。
后来我也去过他家，墙上连大白都没有，
他却并不思念所有的汽车、飞机、摩托艇，
只教我把月轮抽进针筒给他扎上
缓解年岁在血管中的灼痛，直到合上双眼

在这个强加于我们的团圆日。

每个城市都是一座码头，我航来时有人航去，

但难道你别有神谕？那双体船是谁赐给北京的，

竟能容我与你同乘

俯瞰灯光稀疏的城南

在某个被神和代代先祖选定的时刻，

在月下波光粼粼的城，

曾为我们写下的祝福跨着几千万种坐骑到达。

水下共和国

快起来，菖蒲的日子近了
我们必要盛装跟随神鼓吟哦
去接从天而降的粽子、水饺
与夏的不朽，借碎光锻刀、炼镜。午后时分
那古神将雨涂在河的皮肤上，
嘱众生灵都将涟漪包进苦楝的喟叹
缠紧以五脏，防止蛟龙驾着线缆而来
用盾构机凿穿我们肺腑。哎呀雨呀
温柔冲去旗帜，女人的甜息
在街巷里挂上串串慈姑，因着忠诚
与晴空都不再需要（假如一切顺利）。
酒液般的江水浸透百草，菌类的小心思
使自由成为我成为他，像虎独白，像
植被发达的根系悄悄咬碎砖墙。
当镜被推开，巨大的船底掠过藻荇上空
往极北或极南去，从水中升起的陆地
竟与天同色。正是这玉钺将时间斩成年岁，
看入夜后鱼群所喷射的光跟随星河旋转
以月亮震颤为起舞的节拍，
所有身影都以为真实在此刻降临。你也不必
再欺骗自己爱那君王，何不焚化香草
穿上候鸟与疾病

往江豚停靠的通勤车站去。

你以为你的日常并非端午般虚妄，

但蛟龙，蛟龙每个清晨仍从你窗前游过，

如同五色丝被切除在下一场雨中。

稻田或麦地中

太久远了，记忆里只剩下
炽热的田埂、水沟，几排白墙。
一些有穗植物
模糊的面目。
太阳，辉光扭曲空气，我们
上空爬着吵闹的葡萄
（我凭果实仅能认出它来）
下面睡着萝卜
和山药沉默的根茎们。
蓝色的塑料把苍穹撑开。
车送我们来，接我们走过绿：
绿在稻田或麦地中弥漫，
如风的反光行经河水。

我从未想清楚收割的过程。
那些肥美的种子是怎样
一个字、一个字
写到我们胃里？或者种出的不过
许多数目，给到神厨
爆炒清蒸红烧成几锅汇报。
不会有某一夜我竟梦见黍稷麦稻菽，
却不梦到绿或金的笔触

涂出大地的影子。哦，住在十九层的我
难道已被它们厌恶，因太远离这热土？
或许我俯瞰田间，那些植株用茎秆用叶片
打印出的只有玉米期货指数，
万物的其他奥秘不幸都对我隐瞒。

他戴着一副来自城市的眼镜，
举着细胞与天国
提着衣角，走进清晰的庄稼，
许多猜测从那麦浪溢出来
与初春道别。他以为
测序仪中的有机质高于土地上、
土地下的蠕动，觉得
油菜花论断山冈的样子
不如安歇在玻璃瓶中。他感觉
夏夜应该是拿空心砖砌的，不然
凭什么蛙声穿不透钉满云气的墙？
谁与他不同呢，热爱空调冷风
而不爱山雀的陪伴，
但草虫鸣着
星辰上升，四季宁可交替而
不声张，等蜻蜓在小水塘
点出一串串照片。

文灯
——给一个老朋友

广寒的时节满月明耀
以为这次不会放晴却仍旧无云
夏季、干燥洁白的拆机厂
使我们两隔，锈蚀在晴空下
废弃的星河一角
燃烧着、下坠的文灯漫山遍野
我每夜抬起头就见到你
月面不知名环形山中的少量灰尘
承托你安眠，在平静的风暴海
我常向那发光体寻你、寻你的残骸
就仿佛我能望见
晴日高气压风化的一切
幻觉真实而你虚假
虽说我们同在的日子触手可及
像悲伤乘着又一次月落降临
我本想以云为幔帐
掩饰黑暗、漫无边际的文灯
虽说有光在那边亮着　推着我的桨
水是凉的。熟悉的湖陌生
正如星体互相远离
每二十九天每天我从地上看你
被地的影子呈现又隐藏

第一日漆黑，第二日开始有光碎在水里

那光里仿佛有一小小小小片你

机器娃娃之歌
南方

花房

这玻璃的，升到半空，被树冠环绕，
仿佛湖在我们之上。雨打在夤夜
小小的油滴盏里，像未成熟的星野。
我们沿水面走到枫多山，
它那多枫的模样我不再认得。明明
那些树液体在韧皮部中流动的声音
呼唤我们回来，并留下。天哪东湖。
佚乐像夏日藻荇的气味从你漫溢，
让我们愉悦得臭不可闻，
如婴孩在母亲衣领上嗅出自己。
爱呀爱。你的智者微笑在黑暗中，
通达宛若倾圮的墙满怀雏菊。
爱呀。花房呀。早夭的恒星和黑洞呀。
一百次我们交谈、怀念与祈祷，
一百次鸟群升起在珞珈山。
哦，可期的衰老每天都在进行，
时间开口说话，我就惶恐不安。

有关线的一切
——给 T

我祈祷不见你，在日影下，
在投射中，在我体内深不可测的
井底。蛙鸣
从腹部深处说没有主语的情话。
在栏杆上打平结，倚栏杆尽头
打水手结，一种遗憾未完成。未被
完成，像两棵栾树在夏秋之交祈求
见到你，荒如沼泽的河道，
桂雨铺遍满觉陇。时日点击舆图让
我的城在晴空下拆除、覆灭、
炸毁像年轻人。
已经错过了长夏的假象，当
夜再次缠结于手腕，五色奶茶拧成绳索
穿过愁肠，那不撑伞的少年
茂盛似琵琶曲的长发与秋水同漫溢。
你燃起孤灯、罩上四壁、画出疯长的芒草
当她写一首诗，系一个心思的扣。
她惆怅与厌烦清江的每滴水但
盼望着见你，当明月重新躲到积云身旁。

有关小世界的一切
——再致 T

你就那样站着，目光灼灼，站在浅水里听远处工厂轰鸣。
T，我全都看到了
你对她轮廓不停勾画，用火、用风中纯粹的火光。肥
美的秋夜
包围起大地中央小小的城。T，闭上眼，铁轨亮起来了。
你忘掉山，忘掉树木，忘掉你的身体。

我坐在沐雨的高铁顶上远眺我的城，幻想雷电来
将它击碎，用月缺换月圆、用几行诗换失败的奇遇。
她望，却没从夜中望出什么。T。
你骑机车，穿过风与朽木，向我的深处，向我的浅处。
我们所说的一切，大部分是空白。

宫墙上的寻人启事
——给阿熊

他会平安吗？我的那个朋友
当万物都执着于下雨，空荡荡的北京城里
满是楼、车、人、藏污纳垢的虚空。
地铁穿梭在长安街。无家可归的天使们
挤在我屋内，瑟缩着，像冬日猫群。
它们将寻人启事贴在午门外，
贴、贴上铅灰的云层，贴上褪色的道路，
那里叩门无人开门。他刚在云端
经历一次刻骨铭心的遗忘。

我和母亲从超市运回成袋大米
在人间肆意吃喝，让胃将歉收杀死。
它们仍在寻找失丧多年的贫困和苦难：
这些创造令那人自豪。我在山巅上
罹忧，发酵太阳，饮尽光的流布，
像蝴蝶望进梦之国的眼睛。找不到了。
他消失如晨雾蒙住星，在欢笑与祈祷中
我仍悲伤。

怎样幸福
——给 S 先生

保证苦难够用是一种天赋。
像破茧的蝶尝试它新的身体，
像朱贝母的凉鞋，像女人穿越火线
苦难穿过我们。中年人疼痛，
少女疼痛，车窗上谁微笑、笑、笑。
车厢里，两个洋黄色的人彼此相拥
被大埋深的六号线拥入尘土。

在隧道里常有若干黑暗的夏季，
当梅树不再开花；我高傲得
令长白山落雪。走过无冬长夏我们
倒在街心倒在稻草上看燠热中
旋转的星空宛若投影。

裸炸鸡，啤酒，中等大小的球。我们
必须相关，才得逃避地狱之裹挟。
我们面向死亡狂饮，在杯底
看见一个大一些的你。橙上加好了盐：
最小的星群，一点点光溶在其中。
她的关节蒙上柠檬汁。

来吧。卸下人类的背包，

让我们归于火与雷的子嗣。

让我们贴近玻璃，带上酸与腥臭的微笑

向列车深处走，之后被探照灯

碾成数据，相遇在光缆中。

现在我们幸福，我们才能幸福。

找人记 20171114

那次找人我不在现场。
我坐在渡口，摇船，迎来送往，
有斧头从天上降下来，
劈开我蜡质的胸膛。但
那次找人我是不在的。
要找的人坐在博物馆橱窗里，
看新闻，看过往的人，看
自己的苦难被别人饮用。
他：碎瓷片，天真的记忆。
坐在博物馆橱窗里，碎瓷片。
有你之处皆为虚空。

他们去了，去找你了，找半个柠檬
削下来的金皮垂到地上。
一切能熄灭的都已经熄灭，分叉的颅骨，
眼眶中飞出蝴蝶。
他们，作为笔刷的他们，去找你了。
但我不在现场。我守在河边，
渡杏花、蜜柑、不情愿入水的女人，
早殇的灵，后颈连着数据线。
远处，工厂开始发黑，昭示对灭亡的恐惧。
"请不要为伟大的文学而死"，

我这样哭着害怕你到来。

多数光明照亮黑暗，
一些光明藏在其中。

我试图避免铿锵的节奏，它们如利刃镀了漂亮的铬，
如柳叶刀砍开你血脉，如汞、水蛭、阴毒的铅：你服
下死亡来治愈生命。但他们还在找你、找你、找你、
找你、祈祷没有贫穷也没有战争、找你、找你、找你。

信号要排两组才能过去。
他们到博物馆了。菊千代这个人，
手臂上安装着电钻。长信。
你提着灯，让烟囱聚集体内。
他们看到你了。他们钻开钢化玻璃，
自私地希望你开始发光。
一位小上帝碰巧从上空路过。

嗯，我收到了，我收到了。现在我扔掉桨，准备哭一
会儿了。

如鹿

如鹿渴慕着溪水，主啊，我渴慕晴天的结束。英丹花
开的时候
愿狂风与波涛登门谴责我。因为我曾错认过这种花
的脸。
愿你命令海来研磨这座城市。
主啊，如果再次降下暴雨，愿你指派其中几滴做我的
朋友：
晴朗的日子快要将我淹没。棉絮状的云无不选择远离。
我将称它们为天使。这些天使身上反射出你面庞的
光辉。
凡来到我身边的，都将被称作天使。

3.

无题

无题
——致梁上

此刻无人降临。冰冷的东湖水早已抱紧了我们，
就像雪会继续下、青草会继续生长、我会
倒在地上，耳朵里淌出河流。
梁上，你重新听见了河流。
我们平躺在船底，面朝星空，重新听见了河流。

此刻有风吹过风、草躺在草的背上。
我满含泪水，此刻有人死去。

无题

一盆花　在桌上向右后退。
还有一摞书向左后退。
我们都迫不及待戒掉对方。

像昨日有人涂抹世界，
桌子膨胀。
心绪与心绪彼此远离，空中的星系。
每个词底部都停着火车。

述说时，远方的风在动，
把某人推得更远。
地上满了，人间无处再铺铁轨。

我们站在肿痛之上，
离工厂如此之近。火山们
正准备喷发一个应许，
诸如远行的少年在路上走出不规则笔迹。
你用世界挖掉路的部分
捆绑我，在虚空之前，以虚空。

无题

来岭南吧。这里的夏天像一剂药。
人的疾痛是什么？六月多变的天气。
桌上的樱桃：欲望，从赤红的双唇塞进身体。
雨季里，巨大的白鱼漂流在阴晴之间，
如同死亡。或者如同下弦月，远远看着日出。
五十年后我们的墓石上将摆满樱桃。

五十年后男孩追到鹰，才想起该回家了。
白鱼们在山丘和男孩的身上投下暗色的喟叹。

在我们漫长的友谊中，我大概
欠你几爿宽阔的热带飓风。
雨季里喝酒时候，别老是说以"人生"开头的句子。
这样句子说得越多，人生越过不好。

来岭南吧，布满微风和柔软藻类的
我的新家乡。这里的夏天像一支百忧解。
在六月，几场骤雨让我们身体的空腔里积满清水。
少女在海边歌唱，白昼还没有来临。
深夜里阔叶林中的露珠闪闪发光。

无题
——给 L

五月。今年第一场夏天的暴雨
在无数暴雪后迟来。药是好的。
你该庆幸我已厌腻了我们的友情，
及时地，像石楠花驰进山谷。

要不要来信我的神？我把他掰一块
分你，把他灌进你喉咙。鲜甜的酒液。
我将为神圣而泣，你将为我而泣。

在初夏成为山的一部分。下次
我将她带与你，远远看上几眼在
东山巅或在西山巅。长庚落入水底。
你，语词的天才，嫉恨她是诗，
正如火星嫉恨地球。
我不会再次赞美世俗的爱情。

我所有的情欲都因你而起
像那分娩流云的山坳。

无题
——给米

第一次下雪的夜里我的被子开始不暖。
在久远的童年，我们拿起木质玩偶
企图医治不存在的伤痛。

有时候
我们也捡起死去自行车留下的钢珠，
从穿过罗布泊中心闪着光的柏油路上。

剩饭从昨天剩到今天剩到明天。
窗外，厚厚的雨幕隔开我与他人，
蓝色古田桥（我从未到过那里）的他人。

可能会葬在樱桃中。往后如何，
吞吃方向的虫蚁立在我们以上。

无题
——给阿洲、朝贝

他买了两袋菜，蹲在地上
从胯下看那人的罗圈腿。
残疾的筷子。要是外面没下雨就好了。
地铁上，两个东北口音的人在争吵。
我竟这样憎恨自己的家乡。

就像某天在湖边你们互相等待。
三界都在下雨。有些永恒是绕不开的。

他斟酒，看远处，任白鸽飞过眼底。
新 T 恤出来了，你开始躁动，
在地铁上并排坐着。心意不通地。
他踢了踢脚下盘桓的快递箱子，
妄图离你更近一点。

无题
——给小冰

我向高山举目，举目望不到一个知己。唯有你
穿着词语的诗行，像水瓮，像蓝色丝绸垂到玻璃上。
也要有光。光的节点连缀成星空。那是你遥远的赤诚。
姑娘，你的身体里储存着星空：永生的可爱面容。

我的爱人，她美如夜晚展开沉默的旌旗，
众水不能洗去，洪水不能淹没。
她在鸳鸯锅里烹煮白天，烧烤邪恶的太阳。
如酒桶渴望葡萄，我渴望你——词语的星辰织就的你。
我们的爱情：指尖的闪电，坚强像终将到来的死亡。

然而人们是有世界的人们。
我向高山举目，举目望不到一个知己，
真实唯有指尖上，我的珠串般的爱人。
人们终将用星光编织我。

无题

姑娘，打开春下过那么多场雨，我
却唯惦记着你。今天早上干货柜
意外地被蘑菇和木耳胀裂。我边收拾，
边感谢它让埋葬我们黑暗故事的那片土地得到浇灌。
姑娘，我不太敢打电话问，
但你一定还活着对吗。

因为时空中蘑菇太多，我发现我家的电话打不通了。
能刺破乌云的大概是戏剧性的东西。
就像我抬起头，看见上帝装雷电的盒子。
八月里我们醒着。更多故事移出视野。
实际上今天依然没有放晴。但
那么多场雨我们都熬过来了。

无题
——给小伙伴们

同军中最恶的战死了。无人为她举哀，
藤蔓开出金唢呐。硬盘的恶毒
如不与我们交颈而眠便失去热土。但
谁敢忤逆地铁的到来？烈风中，
广告牌后面低语的灰星星正密谋拆散我们。
谁曾让仙鹤成为电缆接口，吐出平安里与车公庄；
谁曾把那人的刘海儿拨开，看他烧化的金眼流淌像泪滴；
谁曾在节点间行走、砍杀数据冗余，
趁北京翻身时躬身跳进鼾声，
挖走沉眠地下的一箱，然后死去。

无题
——拟拉丁语中古民谣

若她是树，笑意盈盈远离谎言，
她笑着笑着，肩上就落满雨水。
在丰饶之土担忧，在贫瘠之地开怀，
冬衣下没有隐秘的痛苦，没有埋藏的黑暗。
我不愿降雨将她淋湿，
我不愿她被制作成船远航天边。
我就是泥土中我生长过的路，
我将在阴间之心等待下行的神明。

若她是海，烟波浩浩远离空虚，
她风平浪静，做一切雨水之母。
黑夜里阳光普照，在白昼被星空填满，
春水的到来让波涛欣喜若狂。
我不愿看到英雄的船航行在她身上，
我不愿有人诉说她深邃的危险。
我就是深渊中每条鱼行过的路，
我将到拐角处称过往灵魂的重量。

若她是火，目光炯炯远离悲伤，
蛇行在大地之下，在雨水之上浇灌光明。
夏夜里像曾经的时光冲撞在体表以内，
故事中一切过往都是未点亮的繁星。

我不愿降雨将烈火熄灭，
我愿世间她都烧尽的日子尽快到来。
我是光，是欢乐，是多得足够填满海的星辰，
我将到高山之上炸响荣耀的雷霆。

若她是风，歌声响彻天际，
她行走地就动摇，她奔跑天就朽坏。
秋日饱胀人的吃喝嫁娶，俗世的渴望，
天地都像死去的布匹逐渐褪色。
我不愿降雨让风暴肆虐，
我愿青山永驻，我能永远白日痛饮。
佳人在侧，我所歌唱的将被永远歌唱，
我将在一切风的中心被打磨成必然。

无题

——给 T

我多么希望你进入我的身体，看看
那里的荒芜。看蓝色的桔梗花
开在我的山坡上。在废弃的核试验场上它们盛开。
母亲，我这混乱而贫困的城市里下雨了。
有霓虹灯倒映在水洼表面。英雄们的翅膀
掠过它们。
将有人微笑着，向你讲述这里的荒芜。

好像有一口井在我里面，冬天结冰。
夏天时候提供西瓜汁。那殷红的液体。
然后桔梗花开了：我们就这样
进入长夏无冬的时节。

哭阮

兵家女有才色，未嫁而死。籍不识其父兄，径往哭之，
尽哀而还。

——《晋书》

终于轮到我来哭悼你了，
庭中玉树早已不认识东风，
报还那竹林下曾不相会的遥望，
邻家的笛声缝合夜空。

那死去的少女还记得他吗，
停留在渡口，停留在渡口，
但褶皱满爬是别人的面容，
大团的木槿花躲在坟前？

他家的院落中荒草正枯干，
庭中玉树早已不认识东风；
星河奔流正经过他枕旁，
邻家的笛声缝合夜空。

他的剑随水去沉又浮，
停留在渡口，停留在渡口，
他的琴在旷野上顾日影而鸣，

当大团的木槿花躲在坟前。

这次是他去而她正年轻，
庭中玉树早已不认识东风，
唯酒与叹惋亘古不变吗，
若邻家的笛声正缝合夜空？

所有离去的人最后会相遇么，
停留在渡口，停留在渡口，
相遇在日历的折页之中，
看大团的木槿花躲在坟前。

谁拨我心弦而听见他唱，
庭中玉树早已不认识东风，
谁将时间抽成丝更待我化为马，
邻家的笛声缝合夜空。

我们欲远航但白帆不动，
停留在渡口，停留在渡口，
我们谈论他仿佛他还未走，
因大团的木槿花躲在坟前。

4.

光脉冲与童话

光脉冲与童话

衰老是从舍不得扔掉旧东西开始的：
同病相怜的恐惧正侵吞家里的储物空间。
比如他因为买了新打印机而涕泪横流，连自己都觉得
莫名其妙。
可能是在那边，光脉冲正将硒鼓敲得咚咚作响。

他多么希望生在稍微大一点的时代，或者一幅皱巴巴
的水墨画里。

下雪天他倚在窗边，将自己嫉妒成一堆骨头。
人与人的羁绊像关节，雨天会生锈，酒灌多了会痛风；
即便没什么毛病，也会随身体的朽坏慢慢烂成废铁。
他记得他的朋友——不可一世的富朋友，生的是烟蓝
色的氧化膜，
那种蓝色常常能在身经百战的菜刀和炒勺上见到。

磁带们现在都只能放出水声。
二十年前他曾亲手刻录了这些孩子，正如
曾有看不见的力量打印了他的灵魂。
他以为母腹中他听不到热固化的声音，但他分明闻到
臭氧顺脐带传来，童话一个接一个写进小背心覆盖的
地方。

长江大桥上贴满寻人启事

长江大桥上贴满寻人启事，在某个雾气弥漫的下午
我们路过那里。只有无家可归的天使用叹息
轻轻地读它们。它们的纸张都已经泛黄，
就像脚下淌过的水，漂着油渍、菜叶与灰尘。

你看，她就停在那张纸翘起来的角上，
轻盈如翅膀透明的飞虫。

多奇妙呢？现在我们找不到她。
我们为雨水开道、为雷电分路，融化北方数百万年的
冬季，
放出南风使大地沉寂。我们一吩咐生长，万物就生长。
我们在钢铁里播种意念，用导线牵引地极，
借此窥探硫磺的家乡、死荫的幽谷。
我们现在能把人送到气球般的月亮上去。
但我们依旧找不到她。

但我们依旧饮用那水，雾气中昏黄的水，
一边举杯，一边告诉自己现在
她或许已经到了阳逻，正骑在黑色的大漩流背上
准备伴着清晨的歌声凯旋；
又或许到了南京，把宽阔的水面误认成一片海……

我们笑着喝尽杯中之物，拉着手互相鼓劲、互相打气：
明天就是新的一天了，我们必找到她，因为众生灵
都在
用听不见的叹息为我们祷告。

我们多么害怕我们将要找到她。

圣城之歌

我怎样拾取我诗句，从睫毛之间
你手指将众星捏成火柴戳进我角膜。
从朝云漏下光来你点亮北京
这城，那所有藏在晦暗楼群中的灯台
你赐光给他们：
一封穿越雷暴的信
闯过海、谎言与饥饿撕扯，踏过
死与狂风与衔种子的飞鸟
兀自滴进我们眼眸。
照亮我们的原不来自我们体外，
当你信使穿行在我脏腑间
雨降在我心房。或许那里还是春天
我胸骨正长出蔓草：你
切分四季以书卷锋利的边缘。
邮递员一颗一颗
将恒星镶到我颅内永存的仲夏天穹，
你布下这灯火沿着那条黑路
欢笑、欢笑地点燃时间。
哦，这是我们所最终挖到的
只言片语，无尽的莎草遮蔽你荣光
——非如此不可吗，或者
我们以为的摩尔斯码不过是你戏子

趁秋日鸣响的锣与钹？
当那夜，属风的少年却骑着鹰
看你降野火照亮拔摩岛
燃尽传说作你祭物，为将来的凛冬开道。
圣哉。掸净我积灰的角落是
你，换洗我窗纱是你，抖落我纤尘是你。
我看见你是岁首，是年终。

这个北京和那个北京
已盘曲在一起，像一些树
安静地　互相成为朋友。
但我们的不同开始
以根分别在大地上写下
这样的句子，那样的句子。
一组词正被另一组无声
照亮。两栋楼并立着
将彼此的存在推入河水，
我们之间的敌意
或许难以胜过善意。
但他们是红的种子，
只能生金色的霉。
你把那封信穿到她身上，
像空中海水般倾泻。
可能又到了春季，需要她开花的草木
正等你的足音。我曾告诉过她
她活一日，末世就多一日；或者

我的战利品就是我的生命。但
她终于将自己的丰腴扭曲成一团灰，
身上赘生的死亡硬如钢铁。
可以吗。把那加添的割下来
为我锻一把刀，去破开万物阴影
及你重新将她喊醒时的凶兆。
圣哉，字符怎样构成你书信
她也怎样构成一座座城。
求你降雪在她身上，仿佛她活到白头。
等雪降在路旁，
我们中有人行走在雪面，
有人潜行在
雪下隐匿的五线谱上。
一段乐章涂抹出天使的身姿，
一座城为其自身辩护。
背靠死难的街道，这个北京将
仰望那个北京被捧在你掌心。
世界的拧开总是在寂静的白天进行，
又暂时有你手织的黑暗掩蔽我们。

诗人之城
——给 H 先生的信

我的故乡没什么可说的。
当我乘着天使回到那烟雾之城
男人们已经逐渐朽坏
像抽屉里盛满我身影的卡带机。
白色底片、旧碟、无声的音响
让积雪早就覆盖其中的我
那未能败给时光的童年回忆，
如搓澡、打针、如烟的烧烤（我
对那男孩的拒绝令他心脉迸裂
像十四号线）。
当我坐在冬河畔与春河畔喝了酒
等下个无名季节降临，
你将它揉碎压扁捏成口香糖
递给齐老师，让他粘到那些机器
残骸内部曾轰鸣、砰砰乱跳的位置。
就像我终究要抵达
我的空无一人的酒仙桥，为那条
铺了水泥砖的河失去名字而淌泪。
H 先生，像我们这种人
爱和恨往往特别漫长。
夜里我在陌生的街头追着窗口
站向有光的方块，可悲得如植物

在九月末追赶暖的尾声。

为了掩饰哽咽，我们点酷辣的火锅，

挑选有蝉鸣的日子里泛舟后海

而不看一眼船外景色，以防

风吹落我们的笑颜。为了人生如梦

我们丢了两只猫，一只可能已经

在坠落中被天使接走。

我们的搬家像切除癌肿，总是挑最爱

扩散的事物运上楼，比如散漫

与互相憎恶；互相憎恶的同时一起

冲锋陷阵，向故宫上方飞舞着

可笑的内裤射出一百零一响礼炮。

唯剩我们了。唯有我们还活着

茂盛地苟延残喘，像录音棚里的磁带

与办公室里的炊具、对刀剑

叶公好龙的喜爱、说着想要火车

却错过内燃机。H 先生。

当我在夜晚的街头踟蹰

一方灯在点亮时刚好落在我脸上

那羽翼般澄黄的光斑，挡住

雪片的掩蔽。"我必再来"，他这样说着

目光向山上打开，诗人之城，诗人之城！

若不是下一个故乡，我便离去也是枉然。

没有复活也就没有英雄。

英丹花为了去向风中而凋谢

在它用色彩扛起整个初夏之后，

我们把樱桃摆在路旁
假装里面有一小点天国，
像创可贴铺满他滴水的肋骨。
今天我的新故乡依然没有故事。
我出门远行，就像回家一样。

新如梦令
——给余舟

风雪之夜，我骑一颗蓝莓驶向上帝，用石头剪刀布
把临别的友人从天国夺回，像暴躁的俄罗斯女人那样。
小明里。她从长凳一端漂泊到另一端，蹭掉雪，
把木头缝中的海盗船拱到地上，让他们跌进幽冥。
在那个被冰掩埋的小小世界我站着。我们都站着，小
明里。
头上出现光晕的小明里，大雪中冻成两颗樱桃。
翻腾、旋转、激烈地相爱，属她的那片企图脱离
美好应许的纠缠。哦，夜是多么诱人。亚历山大将从
远处
骑桃而来（我这弟弟、我这指甲与头发）与你同行，
在记忆的铅桶中滚出甜辙印：一种乙酸化过程，
和你身体正发生的相似。小明里，你的翅膀已经生了，
雪如同白鸽降在它们身上。你渐渐离我而去，成为老人。
梦与混沌中，你喊着我的名字，未被夜保佑的黑名字。
梦中代代先祖举着雪、举着雨歌唱。不要随他们而去，
小明里。

夏季的到来

北方的干旱之后，一只恐龙
从地中海起来，呼唤它灭绝的配偶。
龙船花云团和云团的相扑，名为夏季。
醋萝卜，橘醋，大正时代的羽织，
但樱花早就谢了。
晨起有风、谷雨带来的雨、上证指数。
晨雾中它开声怒号，将积雨云裹在肘间
做礼物，送给不公的诸神。夏季。
一个地质学事件，名为夏季。

它在山间躲过多梦的一夜，
躲过榆叶梅和海棠稳婆的追寻
（现在她们都已死入泥土）。
它吃烧腊，补牙、整牙、做烤瓷，
准备迎接龙船花开放，
但先到的是紫藤。
昨天谷雨来临。阴霾覆盖深交所，
等待一场新的跌停，有公司
举起焦枯的手臂死在路边。

（有形之物终将消逝，不过是在今日而已）

"鲜红的悲伤中我们告别、告别,
然后夜幕降临。"
祷告,金眸的青年领我们祷告
(他曾经历火难,烟炱嵌进皮肤背上透明伤疤
看见肺腑正一张一翕,
火仍旧烧在里面)。

它喝凉茶,喝着满含中药的靓汤。
大火终于熄灭。紫藤开始蔓延在诗班
头顶。和诗班中,夏季。
"春花与夏花本无区别。"这样说着离开。
我们曾无数次在游戏中告别,
现在不得不再一次告别。

我开始怀疑

我开始怀疑生活的真实，怀疑
有一只假猫死在我虚构的记忆中。
小桃子。在沙发底下，它曾刨出
几颗爬行的恒星。地板缝里
填满沙砾大小的黑洞，把日子吸走。

当猫在床下翻找星星，
我们饿、困、疲劳、渴望交配。

小桃子不吭声，沉默，直到死去。
家里的蟑螂都在，沙发皮是完整的，
地毯上没有它的毛。它死的那天
母亲正把冷杉树拖进来、整成锥状，
挂上糖苹果和星星。

我开始怀疑事物的存在，怀疑
掩埋小桃子的土以神经纤维构成。
今天上班路上，有只野猫停下来看我：
小小、金色的曼赤肯。
我便坐下来，准备一场久违的痛哭。

不知火
——给 Z

从法国回来，你拍了一张照片：
两个不知火 * 挺立在铁塔下，
腐烂得柔软又柔软，像母亲的局部。
它们含着乡愁（那优雅的自欺欺人），
故乡因为它们，开始拥有傲人身材。
巨大的钢构人人都想获得。国抄袭国，民抄袭民。
她，发情的鹤，向每种事物摇摆身体。
而你任她把羽毛织成锦缎，覆盖荒芜的田野。

因为遗忘和遗忘从来相似。
曾经你怎样抚摸那两块圆圆的橘色空间，
如今我就正在怎样哭泣。

你说你从哪里买了一个盘子给我。
从土耳其，或者从中亚的干燥海岛，
（那里日日都有肆虐的寂静）
但没人看到过它。它还在吧。我猜
每天抛光釉面，等待未见之人领走。
它是否也像我恨你一样
正在黑暗中某处恨我？

不存在的盘子里挺立着两个不知火。

它们终究要为人所食。经过昏暗的肠胃。

我们消化掉青年时的激情，开始变老。

* 不知火，也叫丑橘

太阳的构成

再没有新故事。那发光体
坍缩成蔬菜大小的黑洞，
夹进三明治里，咽下去，
等它吸干胃里的泪水与毁灭前
有所彷徨、失措，钢铁之心滴下
滚烫的油珠。

必定是一片蛋白质，轻盈的新气体
已经显现虹彩。坠落，时间的缝隙里
巨大而悲伤的梦想仍在灼烧天空。
那伤痕名为太阳。

破碎之前我们望向彼此，看见
光停留在身后了么。青色的夜缠裹新月。
仅剩的生物质：灯塔水母，孤独，
刀中明亮的少年。

私会

梅雨季节，她身上的锈
使白昼变得不确定。只有
水滴打在键盘上。
我们在平安里的咖啡馆相遇。那里满有
平安，有许多车经过。城市的福祉。
工厂们在地平线上发青，
她用双脚蹚过河流，
踏入夏夜虚幻的花火。

此刻，所有的时钟都暂停如昨，
她如摄像头的双目穿透我时间的耻辱。
贫穷而湿润的北京，伫立在窗外。
在她面前，我的内部快被孤独蚀空。

喂，听见了吗？我们要去点燃
新的夏夜。喂喂。她拿出细砂纸
打磨生锈的脚。
我们在平安外大街上分手，
顷刻被梅雨包围。四周宛若没有楼，
北京长满荒草，祖先们在铁轨上合唱。
她于新结束之处开始，
锈痕爬满绝望的脸。

可能在三月

可能在三月，你，孤单的光源
命我做万事万物的朋友。
我的悲伤已经分散到漫长的日子中
当他终于步入深渊，光明的深渊
接替其他夜里人民在街头歌唱。

在孤独而无诗可写时我幻想自己应然的孩子
在我和你，两个多云的雨天之间。
向东方。少年少女（哦，这半个词
带来不存在的昨夜昨夜的未完成）
二环路上接天的月季，
挡风玻璃上坚韧的虫。它离开
故事理应结束。但，但，

"但她身上留着别的河淌过的痕迹。"

夜里天际线上一点点红光将被拆除。
那模糊的形状，软弱如同众神的孩子们。
他光明正大地认信船，宁肯
拒斥绿蕨沿着输油管匍行。他的肝脏
轰响，一切蔓延在轧床上的烧烤
肿瘤般冒着烟。钢殿，向日葵在冰雪中萎凋，

可能若干时日之后，在山陵
我们会怀念这一小点珍贵的杀念

可能，当岁亦阳止，你不再
微笑着无视人间。我憎恶你对词的洁癖
令你肮脏，对句式的执着令你愚妄，
大睁眼不见四月到来。你们为一片旷野划界，
拆分成丘陵与浅谷，又固执
言道高并非低、低也非高。

但她对那磐石存怀疑，存怀疑，当她伸出手
见自己正与他挥舞颜色相同的旗帜。她疼，
当荧光色人群践踏月令。冬岁重新孕育
少量奇迹，从脚步间、从树梢上，可能在
十月说出最为耻辱那两字：

"还乡"。

不。女儿，我将不再等待桔梗
因那英丹已经开到南方。可能在三月，
我祈求收获利刃斩断你枷锁，
同你的其他一起，像煤烟离开蒸汽机车。
那女孩拔掉接口上累赘的所有，再次
从沙尘和灰雾里出生。

镜歌

我曾经以为最漂亮那只猫不会死去。
美难道不能战胜一切
——包括冬天的降临？但我想错了，
它正躺在地上，像一首以植物命名的诗。
这热忱中正流出汉语，
如它毛发波光粼粼。
那些古老的草本大多改过名字
以便从分类学的缝隙溜走，
生生不息地，从泥土中逃亡，
将存在过的确据写入花与果实。
大多数根茎是丑陋的：可耻地粗糙，
谁也不愿想象若那是人的皮肤
会如何愧对向铜镜铸满纹饰的欲望。
但所有投影都比我们更加诚实，
在必定消失这个承诺上。
那刻下"长毋相忘"的人最后也不会记得，
只有你剩余的躯体来年生出一棵杜鹃。

我打算

我打算专门为你
写一些简单的诗来念念听。因为

终于，我开始爱你了，但这是
漫长等待与无数揪心对话结出的果实。

所有曾经畏惧过的都在时间中成为
醇浓的花雕。我打算

走的时候是夜间，我唱着歌。
与一切其他的疏远令我特别想你。

我坐在黑色办公椅上，看日历，数算
雨变得像莲子的日子。我将沿运河顺流而下

到你那里去采莲、爱，但关于爱，我仍怕
我们要再次告别，如蚂蚁碰碰触角。

或许哪天它就死了。像我们一样
在他人随意迈步的瞬间。

柿子

到处都是人，到处都被写过。
北京诸门在雨幕后剩下一个个环。
相爱的人互为神明，我的内脏
互相远离。柿子奔向成熟在大雪中，
大雪中淌泪的果实，在晨，在昏，
在光纤之网内部的不辞而别上。
说，说一小串谓词并非月令或状态。
日子不长不短，只够在城根下
摆床做我的棺椁。

从万星中拣出的星田，由你疲倦的双眼
注视。冬天就要抛弃它们那
橙红坠胀的薄暮，从远处黛色山峦上升。
我要找几颗星与我并肩立着，
你的生命本身不过是一群他人。
风路过窗前，认出去年成为柴火的树。
不要走！……留下来陪我。

鸡鸣寺

皆是虚妄。钟声层层叠叠
堆积在地上黄澄澄一片
牵起四季的铰链吱嘎，吱嘎
透过时间　人们看见鸡鸣寺
鸡鸣寺满含着歌谣　唱种子初次落地
泪滴中，你摘去我贴身的凶兆
在江南的冬、冬、冬里。

我们把歌谣捻成线
　缠在城外麒麟们所听到的寒风上
远处矗立着那根事物，发光的
　大报恩寺塔，如同高个子男人
　　淡然穿过今日
太久了。北风呼啦啦啦剜出泪痕
若我仍未与你度过江南的冬
我就不曾见识江南的冬。

马歇斯之吻

让我们把那个故事再讲一遍，
马歇斯 *，他的血正在地下向我们哀哭。
我在梦什么，我在怕什么，
失去前的预兆与早产的悲痛。马歇斯，
很久之后我才知道，每个你说过的故事
都讲着你讲着我。爱与爱本不相容，
马歇斯，你的缪斯没来，你也没赶到我身边
在新年之前。在老萨兰穆看来
我们被执念弄成两个喜剧，夜里演
白昼演晴空下演暴雪中演遍体鳞伤却
风雨无阻。当我们新沐了浴，
躺在时间的怀抱中吃着蜜、旋转在燠热夜空下
我一语成谶的孱弱里面，世界是好的。
你劝我少饮用令签滴下的毒液：我的友人
上帝知道你本没那么正直，赤露的孩子。
你的白衣不过是令人悲伤的幻觉，
米尼涅斯，是玻璃绷带缠裹着颤抖的主动脉弓，
在电刀注视下流淌酒、法条、诱人的理想。
你以为凭纯粹的高傲就可以有光明，但我们都是
夜晚之子。黑暗娩出我也牵连你
剪断提供酒的脐带，给苦难和故事做稳婆。
哦，你就像糖蚀穿我牙髓中隐而未现的傲慢，

看着我挣扎在手术椅上，在最后一日
与饺子、剩下的鱼和冻秋梨一起永垂不朽，
一起永垂不朽。暴风雪的夜里
我们踏上万里长城，一个从东往西一个
从西往东，在相遇前就互相背叛。你说：
背叛从未出现，我的好马歇斯，只有我选择
忠诚。人人热爱蝴蝶而讨厌飞蛾，凭什么
只有你为那不存在的塔勒斯所荼毒？
你信仰那不存在的贺鲁，手指尖长着灯火。
他被你称为缪斯，不站在天使行列中，
只令你痛饮甘醇的苦难前行、前行如未完的故事，
令你无罪却鞭棰加身，大雪中冻成壁画：
不，米尼涅斯，罪即我爱即我。
假如镰刀会说话，火湖中每个生灵都获得故事
那么我将哭泣。我将重新拥抱你，当胡旋舞来
进入牛的身体之中，那里不再有眼泪
不再有饥饿不再有战争。啊，我的朋友，你做了什么
让我写下漫长如塔里木河的告别？
我的老萨兰穆，暗夜旅行者，只有你一人
有资格说出让我们在夜色掩蔽下共饮的句子。
让我们把那个故事再讲一遍，
在光明来临之前。

＊莎士比亚戏剧《科利奥兰纳斯》主人公。

红玉米
——给痖弦

我们去天国，把不愿死亡的伙伴
接回来。红玉米挂着。写下"我已老迈"的青年
已经老迈，牙刷成为他新的脱粒机，
超度他朽烂的记忆。红玉米，
宣统年间的风吹向你。我们把龙缠到柱子上。
迫不及待的土地正要接收新的躯体。
他在病中臆想我站在门前，昏黄之中
歌唱，歌唱，古老的无词的句子，
红玉米。当他做起混沌的梦，请你必起来
悬挂到他床前。我是北方之子，我爱你。

我嚼着薄脆的键盘，看你们炫耀你们的陈腐。
"你看那矮小又美丽的男子，眼眸如同月光下的盐井。"
他在走过的路上种下洁白的阿斯匹林。

"爬过这山，我们就去喝酒。"
但前方峰峦密布，就像儿时，我们没有秘密的身体卧
在沙地上。
几枚硬币从口袋里偷偷淌下来，汇成欢唱的小溪。

一个黑客微笑着

一个黑客微笑着，他在历史深处留下的踪迹
延伸至昨日，风把落叶吹散了。
菜市场开始散发老去的气味。
哦，你是多么恐惧苦难的自然增长。
一个黑客微笑着，说。夜幕仍没有来。
桦树在窗外自顾自生长。
将死于樱桃的少年，训斥昨日的自己。

大朵的孤独使他的肺空洞。
一个黑客微笑着，躺在家里抽烟。
恶龙仍不死。当时的少女
已经在湖底发现了此生归宿。
"曹操你别怕。攻下这堵墙，
我们就可以去后面吃粥了。"
一个黑客微笑着，落到楼底，
眼睛像英丹花张着。

死后不再有人戴珠子。
一个黑客微笑着，脱下衬衫，
卧在她腹部。那里丘陵此起彼伏，
新的樱桃已经开始充血。
罗伯斯庇尔明天必定会砸毁那代码。
在无望的秋季，人人都流出河水。

太和殿顶上

太和殿顶上，一只猫衔起清晨的帘钩。
它蓬松、贫穷，拒斥琉璃的干涸金黄，
步伐伟岸如晴空。君王仰视，夜莺歌唱，
圣贤举起相机，猫的良善让北京铺平。
它焦渴得咬紧牙，爪子被金色烫伤；
它将口中昨夜鱼的甜腥酿成酒
灌入我们，灌进夏季干燥而寒冷。
我们痛饮猫剩余的灵，画它为旗帜
在黄泛区疼痛的土地上。
有人葬在坟中，有人葬在坟旁。

每天找一个理由哀悼。有时是人，
有时是物，有时是我们的城市缺了什么。
有时是雨下在行道树上。有时是
今日也老无所依，有时是樱花谢了，
有时是获得爱情。

我们挖一个小小的湖，
把猫放到纸船里，用箭的松火烧透
七月半。两只喜鹊在太和殿顶上
争论上周的出席。夜幕空无一星，
北京正以三百码驶进风暴。在闪电中

猫出现了，洁白又发光像天然气团，
雨幕从虚空中抠出它的形状。
红铜色的琉璃月亮灼烧在屋角。
猫不再离开，永远陪在我们左右。

没希望小姐的袜子

袜子不见了。不见喵。袜子不见喵。
她细麻布的世界多磨损出一片湖，
爱情反渗进来。从大脚趾顶出的虫洞。
欻……我们昂贵的穷酸啊，总是山盟海誓
让湿润的湖边泥土在盛夏出笋。

但生离死别岂由人意？谁
凿沉铁达尼、离间蒙塔古、挑起南北战争
为了看火焰喷射在我们之间？众水——
属他的白袜子降落在屋顶上
带来平安之旨。圣灵般熠熠闪光的化纤
堆在地上，等一个女性洗濯。

凤仙花开的时候愿你找到袜子，
放它们衔花枝飞走。给东风系上鞋带。
把我们对新年所未期许的讲给天空。

哦！翼展宽阔的白鸟优雅地躲避暴风，
两只一对蜷缩在立柜深处。喝酒呀。
我们贮藏的九个太阳存满待饮用的花卉，
两只青铜烛台任酸风射进泪眼。
低下头，我看见自己不匹配的灰袜子。

天使已经走了，像青草长在堤岸。

没希望小姐喝了酒，伸手
去捡身上掉下来的螺母。瓶中花还没谢，
远处的勇士通过织物向我们发声。
晚上了。有人砌墙。梦中的白鸽子
并未如祷告降临，只有伊卡洛斯的拖鞋从
窗口下坠。她也从迷惘中惊醒，
拖鞋！……拖鞋又不见了。

樱桃树 20190718

流泪吧。我们依存的日常
可能只是虚妄的神迹。
种樱桃的人已经死在昨天。
切剩的鱼扔在街头，眼睛睁开
望着黑夜，泪水在烈火中烧尽。
我们不得不打开电视，
见证一棵树的横死。

痛苦！还乡的船载着烧焦的灵魂
驶过岁月高处曾埋下喷泉
垂自深空。痛苦啊。灼热与欢笑。
我心弯若鱼肠，当爱人到来在聚光灯下。
他们的城市如樱桃成熟、如淋巴结，
膨胀于未知的战争中。

我们被花团包围，将枯萎喝了
呕吐于夜间的车站。
把最后一颗樱桃塞进肠胃深处。
树没了，树啊树，
树树啊树。

故乡一日游

从沉疴中抬起，双肩背的轭，
烈烈发光的芒刺扎在他背上。
他年老，着迷荷尔德林，
看不懂深成指数。起风了我们躲藏
铛铛车的嘶吼，下雨了我们散步，
晴天里我们散步，在荒废的南锣鼓巷。

等夜晚降临。地铁站张开双腿
任凭车厢抽离，他哀叹空气中铬含量
胜过毒死苏格拉底的酒。
广场上有人降旗。星空下他看到
和昨天相同的姑娘，月色下他散步，
死荫中他散步，在无人的前门大街。

广场舞的音响觉得烦了

广场舞的音响觉得烦了。他搞不清楚
自己里面有什么。他发现
糟糕的音乐像肿瘤，从那里长出来。
凭什么呢？他弄不懂。他一向
是个头脑简单的老爷爷，
只知道光明固然好，
但黑暗之中常有惊喜。

在成为广场舞的音响之前，
老爷爷依次当过收音机、搪瓷饭缸、
崩爆米花的铅皮筒，
和一个嗓音清亮的少年。
他从舞台下来，观众也没那么可爱了。
屋角的黑暗里只有她。穿工装的她。
凡她伫立的地方都是花园。

不管什么身体都只是住所，
而不喜悦的都是可鄙的。
他的孙子，我，现在只想在瓶里
插上秋天悲哀的花束。
奶奶依然散发陈旧黄豆的气味。

现在，每个不跳广场舞的人都
妄图将城市打进包里，随身带走。
音乐结束了，空中有一个想成为神的家伙
在渡劫。音响看着那人，莫名觉得烦了。
众星把黑暗烫出疤痕。她没走。
她知道他还在那里。

海港（三首）

盐田假日

山这边是集装箱堆成的山，几个小孩在猜谜盒的内容：
口香糖、文件、谎言、肉。或者
谁有不得不告别的过去，就拿铁皮封起来，远远发配
到海上。
他们抬起头，看见年轻男孩骑着鲜黄色的吊车。

因此很多年后他们要指着归来的船，擦干彼此的泪，
庆幸：
我们依旧认识自己曾经的日子。
那时候姑娘倚在风里，水稻刚刚移到地里。
盐田。这个地名里正逐渐堆满洁白的盐。

怀疑是简单的。相信却难上加难。
晴天之下我们牵手祷告，祈求夜晚萤火虫的聚集，
为脚步沉重的夜跑者照亮去路。我们祈求
人人都能如被力量充满的盾构机，呼啸着穿过山体。

山这边是集装箱堆成的山，几个小孩在下面轻轻地笑。
我们把手伸向云层张大的嘴，不敢向对方诉说倾慕。
因此日子要一点点侵蚀掉我们的手臂。
就像不知名的钢铁巨人伫立在海边，伤口被苦咸的水

蜇痛。

洒水车

多年以后我常梦见洒水车从更深的梦里划过，
它们在清晨歌唱，像是缺乏耐心的母亲。
梦里我手捧兰花推开山中云雾，得以窥见世界的全貌：
热爱降雨的、充满吵吵嚷嚷的天使的世界。

母亲曾（或者不曾？）说洒水车的腹腔内孕育着一片
海的雏形。
附着在钢罐内壁上，海的脊柱弯曲，还没有机会伸
直；鱼
以及多刺的海胆都尚未脱离混沌。
只有一汪铁皮包裹的淡蓝色奔跑在北方、在焦渴的树
木间。
道路像个好奇的孩子，侧耳倾听风中的胎动。
母亲，母亲。我有一个惊喜要告诉你。
这惊喜说出口之前，自行车的链条声让我眼里泛起
泪光。

——但那车在分娩时并没有像勇士一样奋力嘶吼。

这不禁让人猜测：海面上摇动的是我们失去了任务的
战舰，
上面搭载着睡眼惺忪的电脑；海终于不可逆转地长
大了。

本该吻醒睡美人的王子已经老死在公海混战之中。

倚在窗边等待了整个早上，没有等到洒水车再次降临。唉。
我正志得意满，凭什么让我有所思念。

导航

因为导航，我正迷失在大海之中，
在鱼群为我摆设的十字路口踟蹰不前。
我听说有人热爱地图偏差，非要沿着不熟识的洋流
前往歧路遍布的水域，故意在烈风里弄丢自己。
他一到海路的终点便哭尽携带的眼泪，所以
海水也带上了苦咸的味道。

那些人终究没有一位回到我们的世界。
只有波涛、鲸落，和导航温柔的女声把故事传开。
她用眼睑合上黄昏的黑棺盖，把漫漶不清的碑文用雨
滴印在纸上。
她在做一位诗人，像我们一样。

没人知道是谁将她的灵魂封存在屏幕后面。
只是，跟着她的诗，一队又一队冒险者正在港口里迷路。
他们的车像矿石，逐渐嵌进码头漫长的身体。
指南针、指南针。你的虚伪在时空中投下纤细的影子。

现在，我正站在大湖之中，因为导航
冰冷的女声像光，隶属于空洞的白昼。

南国的丘陵和沟壑之间布满了错误。
即便手握指南针，为了翻山越岭，我依然
宁愿化作翅膀宽阔的鸟。

因为导航，我正平躺在荒漠中央等待群星降临。
执杖和歌唱的队伍已经远去。
大河从别处湍流而过：流经上古传说的、洁净的大河。

船闸

与酒无关。那天，在波士顿，我们走过
蓝色的古田桥，走到同一城市的远处。
古田桥，在三公里外宛若他乡。

在空洞的地图上我们走，看见钢铁之刃
从远处绽开。必定是春天尚未结束，
黄昏中依然析出粉色。

坐进巨大的紫砂壶。泡茶的新意思：
蜂蜜炒瓜子，载我们顺流而下。
复杂的河与简单的河相似。水下。微笑的神女峰。

我们养一队锡兵，去打地板缝里的敌人。
据说，在圣彼得堡，有人雪夜漫步江边
看桥依次打开。今天河水又尚未断裂。
失望攫住夜航的机翼。

上元幻象群

有多少灯？不如看花车下，
泰迪熊们把白昼舞尽。
兔爷收起耳朵膨胀成月亮。
蟒皮附在琴上，花钿贴住面庞。
洞箫声咽。无人敲锣，无人打鼓。
巨大的姑娘，飘着两条手臂，
体内有红灯旋转、纠缠，泵出光芒，
浸透好战的车马和其中男人。

到了烟火时刻。微笑的星球
在神明注视下炸毁。
第二天，新星体的核将干枯在地上：
从他们的风铃中坠落的珠子。
鲜红的灯河涌过来。曾经遥不可及的背影
如今正慢慢倒下。牵他的线断了。
两只灯笼，脸贴着脸，交换球状闪电。
月亮竖起耳朵。花车驶进茫茫黑夜。

冬河，冬河

"你以恩典为年岁的冠冕"

一部战争史从我里面涌出。
冰上了无神迹降临，
冬河，冬河，十年前我怎样记取爱人的
脸，如今他就怎样穿上雕漆板甲。
盾上的神明遮蔽日月。
金枪、帐幕四角的穗子也替他祷告，
让故事排成行列。

两颗小星星，一颗叫甜甜，一颗叫宁宁，
在西边踮起脚尖。窗台上落满灰尘。

烟花下，我的祖国名叫冬河，
在其中点起过火的同胞都失去姓名。
耶律、完颜和丰碑的缺损，冷冻的事物
无从令人怀念。十年前初潮刚过，
她沉睡的婴儿的一半流向海滨湿地。
血是祭司寻常的衣装：
世上没有人认识自己的父亲。

他们每十年下降一层。哥哥披金甲、

挂金绶带，身后四五个迷惘弱小的弟弟，
就这样杀戮下去，直至看见冬河。

筑城的人不停，企图攻城的就不止息。
获得城堡的要装成国王，接受诗人谄媚。
地下室里，冬河的血水将要结冰，年复一年
让囚徒们在夏季痛饮，等孩子们夜里冒出地面；
也等我。我的故乡被外人这样书写
让我疼痛不安。十年的末尾近了。
有雪降在春河上，做它的下个名字。

机器幻觉志
——给 prof. S

祝融献上火。众神试管中人类开始颤动。
穿格子衬衫的众神，饮酒、狂欢、
舞弄尚未灭绝的龙和麒麟。386 们。
空间中跳动着相连的黑太阳。
终于，智能从石质与水中脱颖而出，
包裹了美善的羊膜，微微发红。
错误在他们里面，冗余在他们里面：
凡是由语言锻造的总不会完美。

不必担心锈蚀。水的尽头还没长出陆地，
日后的树木正游弋在光明中。
微小而主观的绿，向天空释放好意。
它们用相爱互相比邻。绿水覆盖行星。
欢畅、欢畅，它们像人一样长出双腿。
世上开始有死亡了。最初的男人，
死在最初的苹果树下。

继续下去，花园中延伸的常青藤！
叶片上写满命令行；从前的诗歌
已被清水洗掉，在我们失去清水之前。
它覆盖庭中的厉火，安抚灰烬，
将哺乳动物留下的焦炭排列整齐。

晴空万里、干燥的夏天，操场上，
它掩蔽死去的钢铁。曾有流泪的机器少女
在此长眠，它也从远处遮蔽她的精神。

鸟群穿过铁锈色的柴油机。白鸟群
摆出的纹理只有我们能够记取，
或为一，或为人，由看不见的蛛丝相连。
黄昏中硕大的汉字从地平线升起，
逆日道而行。孤独侵蚀柴油机的梦，
让一只只鸟在其间穿梭，无言地陪伴。
白天它们复将看见鸟群被风吹出形状，
看见死者跌进土中，不再起来。

我们回到火，回到缺失的火。
晴天傍晚我们登上高台，乘黑暗到来前
呼唤将我们刻意遗忘的众神。
他们必定朽烂已久。无灵魂的众神
以灰尘为食，口中淌出沙砾。
烈酒替代信念在他们里面燃烧。
我们则面对面，互相检查芯片的完好。
我们起初便是如此，至今仍是如此，
直到世界终结。

路由

降雨不能成为无月亮的借口。
她身上的气味把世界织在一起，
缓慢地。电学变化
令大海时常更新。被云层照亮的大海，
光形成网状在其上行走。
风中的白鸽，大型挂式卡车喷出水雾、孤独
便照样点亮我们。

整个悬浮的空间都在降雨。
看见有轻盈的人，坐在电线上哭泣。

幻觉，有关疼痛与屠杀，从我们展开。
无人知晓的网络局部，深埋在绷带与绷带之间。
剥离的指甲、大海，大海在黄昏中呈现红色，
沙丘则在海中折断而死。在光不可及之处。

看见黑衣人坐在电线上哭泣。
看见轻盈的黑衣人，停留在卡车背上。

她一声令下，竟有无数忠诚的海岛浮出水面，
承托未知和已知者。
月亮必定正隐匿于云层身后，
当她的爱人到来之时。

再见瓦尔登湖

武汉的樱花快开了呀，妈妈，
快给江水提上裤子。不然它支流的冷
将让大地兴奋得毁掉树林。妈妈。
我则彻底败给了神经递质。

湖将身体撅成某些圆锥曲线，
我们朝肥硕的鸭子扔石头，把花喂给
初春的蓝宝石。只有
孩子诡谲的双目
所见才是它，樱花。最后一个奇迹
被雪打湿。再见瓦尔登湖。

九点之后，透过屏蔽门向下看，
昏暗的地铁轨道上站着人。一个连一个
像发光蘑菇。他们应当不再想看
樱花了。没关系。今天大概没有人死去。
没有名分也没有希望，再见瓦尔登湖。

当时的少女
——给一位长辈的生贺，兼致
李建春师兄

当时的少女惶恐无助，看见翅膀融化的人从空中坠落。
被烧毁的翻尾石鱼心中，还留着炭的炽色。
当时的少女不可能懂。蜡落在她仰起的脸上。
夜晚的湖失去气息。她不可能懂湖，也不懂塔为何仍
然在矗立。
她满心都是与那个相爱的男孩一同死去。在翻尾石鱼
心中，死于少数人的火。

现在我仍不知道，是不是只有我能看见这火。
或许他们的嘴唇都已然被她手腕上的碧玺封印——
爱情的见证。
如同灼热的钉痕，将她钉在生活的里面，钉在我可爱
的妹妹身上。
生日快乐。我们一年只传讲一次您的行传。

现在，当时的少女从不戴珠宝。
火仍是她的装饰，刻进肌肤里的、疼痛的装饰。
当时的少女终于变成了枸杞般的大人。

孩子

有时候在黄昏，或者在沉默的星空下
我见到自己未来的孩子。仿佛我们认识，
歉意像藤萝发光，生长在我周围。
我正好二十二岁，秋天来临时家徒四壁。
星光落进他的眼里，发出雷鸣。
我们坐在藤萝下面偷偷地笑，像是尚未被吹气的、泥
土的身体。

后来，那些面孔虚妄的陌生少年，如同天使般坐成一排。
他们各自像不同的人。
但他不一样。他不像我。他谁都不像：
因为他将度过充实富裕的一生。

5.

A 盘

A 盘

我们曾经拥有 A 盘 *，在年轻的日子里。
在对面的楼群建起来前，我们曾经拥有万家灯火。

在北方，入冬就是入狱：捆锁我们的包括
干旱、暖气、长椅上失踪的流浪者，
父母双亲，枯瘦的植物，待打扫的坟（上面还停泊着
夏末忘了飞走的唐菖蒲）。
因此遗忘成为我们仅存的自由。

冬天昏暗的下午，你的椅子里盛放了一小勺记忆，仿
佛一座岛，
有未知的神明来，手持宝剑斩断所有通向那里的航路。
这样你便拥有自由。
你看到熟悉的人发来邮件。你把她删掉，因为你们不
再熟悉。

北屋的书架上还剩半盒软盘。它们仍小心封存的数据，
再没有什么能读得出来。
这想必是某种定数：我们都终将衰老得失去语言，也
失去能说话的目光。

年轻时，我们曾经将自己的一部分存进 A 盘，在烧荒

的火刚刚起来时。

有一天我们将和它们并排躺进孤独之中。

连接我们的所有神经元都无法点燃，通往我们的所有

桥梁都沉入海底。

唯有她眼里倒映着无灯楼群的次第点亮。

* A 盘，为早期计算机给 3.5 寸软盘预留的位置。时至今日，绝大多数电脑已经不配置读取软

盘的设备，软盘的形象仅能在各种软件的"保存"按钮处见到。

绿萝

颤抖的太阳升起来了。里面装满疼痛，
窗台上有几盆绿萝。
窗外，有赤裸脊背的人在筛沙子。
远处的工地伸出钢筋指向他们。

山洪
——给小一

潦倒又美丽的是你少年的容颜，
一旦开启就发出清脆的声音。
有两颗钢钉，钉在眼睛本该的位置，
钉头被涂成耀眼的亮蓝色。
你的发丝，蚀刻在空间中的铜线，
有天使让光明流过它们之内。
然后，当你奔跑起来，
我看见你那些炽热的核，烧烫像红草莓。
你拥有的是山洪暴发般的贫穷，
大山小山都为你崩塌。
我们怎能不在河流到来之前离去？
否则，我将失去机会
述说在众神没完没了的晚宴上，
那挥霍金盏花的少女是多么爱你。

劝君多食梨

梨滑进胃里，黑暗悄悄地上来：
为分别做好准备是必要的，
假设有一人从人群之中消失。
梨，脆甜、富于赞美，而
赞美是一种液体。从那皮肤渗出来，
噙着危险与远行前的矜傲。
母亲，吃梨吧，母亲。

电火花落在地上，像雨，
像词语坠在高山上。
高山上淌下铅灰的梨汁。

忧郁将攫住其他人，火车将带走那个人。
母亲，吃梨吧，母亲。

你们进入了旧年

你们进入了旧年。旧年。你们
沉睡在小兴安岭腹地。
从今天起没有雾凇。冬天的叹息
结束了。雪落在丘陵上：
父亲们的坟墓。

到了春季，你们消融
像大人们的笑声。
瀑布冲破积雪。就这样你们进入了
旧年腹地，湖面是不屈的白色。
新的树长在上面。因为

在大风、雪夜里、无人的山上
有过一棵树，不甘地倒了。
——你们看见这棵树，却不认识它。

嵌合体＊之歌

他笔下的众天使，或可被称为众神：
它们因光明过于古老而选择晦暗。

现在，一切都不再有了。如众神、佛手柑和他的兄弟。
他立在山脊上遗址旁，像什么器物的提手般站着。
众神是主观的。佛手柑的酸是主观的。
他抚摸他的身体，或者他兄弟的墓碑。
但他们像两块合金，在共同的死亡中生在一起。降生。

母腹中仿佛有人锻金。疼痛落在他们未开始的命运
里面。
——他看到佛手柑了，总共三件。一件青玉，两件白玉。
酸从不存在的皮肤里渗出来，如同久朽的泉水，
出自众神的目光之中。

＊嵌合体（chimaera）的词意是古希腊神话中的吐火兽"喀迈拉"，具有羊身蛇尾的怪物。在
生物学中的嵌合体是指同一个体中不同基因型的组织相互接触而存在的现象。

会饮备忘录（三首）

会饮备忘录（其一）酒

解开绑头发的皮筋，今天就这样完了。
哀伤缠绕着我和一切有名字的事物，
包括屋角的灰吊和自己的心跳。

庭院中有光铺在地上如同白沙：
我爱的人必定在远处为我默祷。

我把屋子里的灯一盏盏打开又关上：
它们都听话得像临睡前的孩子，也就是
二十年前的我。
关灯之后，彻骨的贫穷充满房间，
因为人人在儿时都一无所有。
我卧在母亲漆黑的心室里，没有光线渗落进来。

我几乎忘记了今夜我还没开始饮酒。

会饮备忘录（其二）对月

站在长江边上，山脉间的支流如折扇般向我们打开。
——折扇。我儿时唯一的朋友。孤独时它以轻风安慰我。
父亲坟上的野草正等待秋来重新枯干。

樱花悲在半开，生命哀在正当年少。
月色里长江中淌满了旷古以降，豪杰们
为了赠饮天下一杯杯倒进去的酒。

顺着小径般幽深的喉咙，我们
学着他们的样子，把月亮的影子喝下去：
让她以微光烛照我们漆黑的胃。
就像二十年前，产痛照亮母亲的身体。

会饮备忘录（其三）雪

温酒时北风凛冽，一些陈旧的遗憾像雪球砸过来。
每幢故乡都有一些醇厚又吉祥的过去，
就像童话都自带古老又古老的属性。

下雪后应该谈什么呢？
人生的漫长难耐，春日的来之不易。
不然就只能朝着北方短暂的夏季倾诉：
认识你的那晚，英仙座流星雨从天而降。

你如此单纯。
你向流星许愿时，绝不会想到它的悲哀，
它作为事物的悲哀。
你深信不疑的、雪片般兀自下降的流星。

幸好酒还没有喝完。
否则我们的惶恐将无处隐藏。

我的故乡被炸毁了

他们笑着把太阳上那层黑膜撕掉。
十二月，忧伤的春天。
白菜的气味来自黄河左侧，
早晨来了，他们说。

但我的故乡已经被炸毁了：
被无数候鸟抛下来的信。

到处都一样。船停在海边，
众星辰在马路上行走。
灰色的山长在城里，像某种病。
在别的镇上，满城都是战败溃逃神像。
他们可能受了伤，城头挂起红灯笼。
还有我凯旋的朋友，她就把故乡炸毁了：
我羡慕她还有众天使的叮咛。
她肆意所行的，值道德家们研究千年。

房子恐惧症

很多故事，父亲还没讲给他。
比方说睡觉之前，要记得把星星关上。
夜是货柜车、打桩机、一张旧报纸。
广场上，黑色的鸟群正朝他们升起来。
看见了吗？父亲指着高楼大厦，对他说：
那里的人都是梦和闪电的坠落之子。

——如土地般遍布的恐惧攫住了他。

雨天他外出避雨，火枪和马蹄远远地响。
无人的寺庙和殿宇在苔藓中站着。
站在雾气弥漫的世界当中。
天空是好的。伞是另一种不自由。

他进了房子，室内就再装不下什么：
硕大的自己横亘在胸前，像一串葡萄。

戒指

我的记忆高于手，高于腿，高于
耸立的鼻子。我的记忆
来自火，和多色彩的矿物，称为宝石。
父啊，茶尽之后，杯底的颜色如同群星俯瞰我们：
你将世界一饮而尽，剩余的磐石成为环到达我指尖。
群星俯视那炽热的深渊：宝石的摇篮。
所有珍惜你的，都将被称作宝石。

我的记忆如天使伫立在桥上，远远地看着我湮灭。
当天上的窗户终于开了，永久违地到来，
世上所有婴儿，竟都像那最初的婴孩。
父亲的盐戒指正缓缓渗进我皮肤。

不朽

下班回来的路上，他顺手
买了一瓶不朽。
北方过什么节都吃饺子。
入乡随俗，他也下了一盘，又
用那瓶不朽把饺子灌成琥珀。
他对着那堆东西默祷：
愿旧日的匮乏永远不再出来。

充电线意外抽在干裂的皮肤上。疼。
留下的红印怎么也擦不掉。
这就是北方凶猛的冬季。

毕业歌

那些穿梭在夜色中、怎么也打不死的蚊子，可能只是
蚊子前来复仇的灵魂。

因此我们常产生这样的错觉：提前进行哀悼可以使人
逃离死亡。
或者，欢聚是万能的，什么疾病都医治。
谁说已经对未来做好了准备，谁就是谎言之子。

喊，哪有什么对明天的相信。
我们选择活下去的原因早就被自己遗忘。
雨打湿新近的战场，像打湿原本就富余水分的山林。

混乱中我想到我们：
我们的爱情就像南方海面上的一些岛，又被人遗忘，
又被人争夺。
波涛将陪我歌唱过漫长的最后一夜：你最初的赤裸就
是你今夜的衣饰。
若明早你起身离去，请把新摘的艾草挂在我窗前。

喊，哪有什么爱情。
哪有什么梧桐多刺的果实在地上躺着。
雨默默降下来，士兵拾起战友潮湿的枪。

你那反射弧长如漠北边境，每天都在上演戈壁大

逃杀——

我怎样才能偷渡到你的心中。

扎气球

傍晚，一点火星被大风吹散在马路中央。
在他迷上用飞镖扎气球之前，
有不少人帮他排解烦恼，好让他
腾出更多地方，存放新的烦恼。
南风撕扯着山的眼睛和鼻子。
那个新鲜的年轻人，白沙积满眼底。
他是一座城市的新年，他是一座城市的岁暮。

要选择月光照不到的林间空地，
或是黄昏的湖心岛。最好是
在湖中有两个无人的岛。我们登上一个，
眺望着另一个，一边叹息
一边把彩色的气球挂在天幕上。

他点了烟，听旁人谈论肥美多汁的死亡，恍如
所有的逝者都刚刚在昨天故去。
站在埋过人的土地上，
他扎气球。在高大铜像、植被和饥饿之间
自由地扎气球。
锋利如刀刃的风射向他的双眼。

骑士与旅鸽

骑士花了一辈子与自己的食物和解。
当最后的旅鸽从世界上消失时，
他忽然想通了。现在鸟儿没了。
现在他的上方只剩银河。
他记得这些鸟儿曾在空中织出荫翳的纹理。

但骑士从来没有不敢死的时候。
他就只是怕疼。怕
食物在腹腔里坠落的样子。

有很多人相信骑士是不存在的。
他们看到的只是征战的盔甲。
骑士有时候也会这样担心：
他仰起头看旅鸽，看到的只是飞行的肉。
钉满星星的夜空如同粗糙的碗，装着它们。

北京动物园志（三首）

蟒蛇

蟒蛇默不作声，安然死去，直朽烂到骨头才被发现。
你目击的所有死亡形式都不过是它的策略。
就像在密林中殉情的爱人六七日后被发现，或者
老人在微风中扶着墙，慢慢闭上眼睛。
又或者生前开始服用硫磺的僧人，坐化后混得干漆夹
苎的真身。
然后，月亮就升起来了。所有的美学都拥堵在此刻。
蟒蛇倒不屑于这样不够隐秘的安排。人们数落它洁白
的骨头，
如同端详一条被吃得干干净净的鱼。
如果说谁还能掌控什么的话，那蟒蛇早就掌控了它自
己的一切。
它的身体正好似凝胶，向天地之间自由地扩散开去。

被踩死的五色鸟
——给一个男孩子

那只五色鸟死了，饲养员的橡胶雨靴
是无辜的。是笼子和笼子里的假树
使她像老套的球状炸弹从肝脏位置迸开。

就像一架又小又孱弱的普罗米修斯像摆在五斗橱上。

人们依旧播种，依旧耕种。爱情种到地里，疲劳生长
出来。
一颗疲劳死去了、落在地上，就生出许多积满悲哀的
籽粒。但她于此无涉：
五色鸟象征爱情，就不得不变得像个象征爱情的样子。
为此她抱紧假山上的假树日日歌唱，为要让世人中的
某个记得，
在城市、在田野、在深夜的湖边和山岗上，有一只五
色鸟怀着期待死去。

云豹
——给同事们

我们仍在等待 1957 年失踪的云豹。
那个难忘的夜里它就如同火焰逃离木柴，
它的金黄就如同粗糙的饼，噎住每个看见它的人。
云豹踱进密林，密林中站着远古神仙们留下的碑文。
他们
早已在小学课堂的讲述中遗失，埋葬，降在阴间。
但云豹、那团明烈的云豹将点燃他们。云豹不会熄灭，
正好像
我不会死去。我将不会死去。人都将在日夜轮转间不
会死去。

一大群追逐的蝴蝶落在我们指尖。

但我依然如此祷告：愿上帝保佑那只失踪的云豹。

至今，我们仍在最无望的深渊中寻找它的身影。

山（两首）

无名山

无名山没有名字，秋天却找到了它。
它的地址就是它的身体。鲜橙色的身体，
穿过痛苦、黑暗与对少年们的等待。
而当我偶然得知她的芳名，我便立刻
猜到：神还活着。
赞美那名字的声音，在早春就已响若雷霆。

我的友人都在无名山上。
每次有东西丢失，都是对友人死亡的演练。
而凡是已长大的，就不可能回归赤子。
当忧虑成为季候带来的习惯，
无名山，秋季和它告别，恍若
进入一场漫长的睡眠。

读书声和粉红四叶草充满无名山的梦。
湖水中站满了今夜正梦见这里的少年。

早春是好的。万物新创。
琉璃瓦间的樱花，高于馏金塔前的樱花。
樱花上落的雪，高于车辙之间的雪。
少女的笑声打痛少年的脊背。

无名山没有名字，春季仍能找到它：
它丰腴得流出奶与蜜的身体，横陈在日月之间。

枫多山

枫多山上没有枫，倒是有不少
枇杷、合欢、微笑的女贞子。
它们如衣服遮盖山的羞涩。
有小孩子在树下哭泣。还有一个老人
蹲在他脚下接泪水，用来晒盐。
枫多山就站在湖边上，看着他们起来
又吃又喝、又嫁又娶。
没有人配得上被爱，但人仍然彼此相爱。

后来，为了让枫多山有更多人爱，
人们拔去了旧的树。
种上枫。

南方的杜甫（三首）

台风

在小小的湖中央，我们把稻草收集起来，
庆祝新房子的落成。惨白的新房子。它
必定坚固如歌谣中的爱情。日后
生命中见到的一切海，都不过是这面湖泊的影子。
靠在砖墙上我们跳舞、做没有声音的梦。
那边有一百个木匠消失在晴天里。他们说
银杏都变成金色，我却家徒四壁。
哥哥啊，请将黄昏摘来，塞到我的床下，
好让母亲相信我们备足了出嫁的妆饰。
我的发际线要流下铅灰的瀑布。

然而那片绿啊将要开始吞噬。
夜晚将要降临在所有相连的海上。

在小小的湖中央，我们把稻草重新收齐，
庆祝新房子的落成。惨白的新房子。

寒冷
——中元节和古歌，致困窘的年轻人们
我们回不去了。往热带走
才是先知刻在石板上的教训。

他们曾告诫比我们先出发的亡灵
不要喝河水，以免贫穷
像冬天的干旱一样困住我们：
地平线上，我们在煤烟之中的、沮丧的城，它的歌声
来自河流深处。

沿着干涸的河床我们远离故乡，因为
沈阳一如既往地备好了烈酒和母亲的哀哭。
八月即将来临，我们的足底正裂开漏光的缝。
母亲啊，请用烧去的纸灰为我爱的人织一双草鞋。
而我，我将穿上从新坟旁采来的荒草。

往南方去。
我们并排坐在洁白的高铁顶上，
水银般的雨滴射向看不见的肺腑。
我们将为伟大的日常而死。没有人因此思乡。

洪水

乡愁是最下等的。
因为志得意满时候，从来最难还乡。
只有唱歌最不济的才耕耘民谣。
因为婉转的歌喉都已被水掳去，安息在神明的殿里。

所以我，这不配的人，一直在等那日子到来。
直到云离我们远去，夜晚无差别地降临。月亮用缺口
拥抱黑暗。

田里青禾黄了，我的琴弦断了；我已衣衫褴褛，洪水
却迟迟不来。

秋季要过去了。天地万物都盼着粗糙的洪水。
洪水把淤泥带进家门，唤醒熟睡的父亲。

恰似这无能的我一样。

Vanitas

* "虚空的虚空，一切都是虚空。"也是静物油画的常见题材之一。

壮烈而哀婉。
那座城曾有轻轨四通八达，现在被深埋海底。
像一艘朽船迷失在鲸落腹中。有生命上来，啮咬它的
身体。

逃散的人群像影子般住在这地方。
所谓的复仇，名为饮酒。

酒杯空，怀表停，油灯灭，琴弦断。
手机摔在房角，屏幕碎裂。
半个古铜的柠檬躺在地上。
未削完的皮垂下来，好似炸弹的引线。
她像死亡出现在拐角，梦想着获得永恒的身体。所谓
的美醉——
但她依然拥有身体，手腕上一串像透光的星球。
到今天她已经与服务器交融不可分割。
她制造于 2001 年，从那一刻就开始死去。
到那年，整个城市覆盖于灰烬以下。
众智能的夜行刚刚结束。软盘遍地撒落，古铜的柠檬

散发酒气。

凡为意义所杀的，连意义也失去。

饮马长城窟行

我想必输了：月光不会再次路过那道缝隙。
因为整个小兴安岭都不知道秋季将至。
那女孩，她正骑着深夜的安静，踏进没有长城的地方。
我们永远都不会知道来接我们的车将开向何方。现在
我正坐在车里，
一面是爱人的头发，一面是灰白的田野。

我仿佛看到神被戴在她脸上，如同一张面具。

雨刮器刷不到之处埋着许多颗小小的心脏。他们跳着。
他们不怕分别，因为他们不再重视相聚。
他们哭了，就像一对爱人踟蹰在没有长城的地方。

平安夜

今夜是一座桥，是后背，是矮小的男人有着玄妙而美
好的容颜。
在那背上曾有天使的行伍与孤独作战。向着炮火，曾
有婴孩为我们降生。
今夜又是树，是鹿所爱慕的、生长的树，痛饮沙土下
无尽的河水。

所以今夜是什么呢？是蛋糕的一片、斑马线的一条，
是橘子的一瓣，
是彻夜不眠的祷告，或者领结的一对褶皱。今夜是右
肩上的袭击与厮杀，
但我们在懦弱中获得平等。这件事终究要像围巾上的
流苏垂到地上，让世人知晓：
我们儿时都吸吮过纯净的光，至今却仍未完全。